글을 모아 **집**을 짓다

서울대 ACPMP 총동창 문학동우회

인연의 향기가 만 리를 가길

　꽃의 향기는 백 리를 가고 사람의 향기는 만 리를 간다고 합니다.
　서울대 건설전략 최고위과정(ACPMP) 원우님 한 분 한 분의 향기가 만 리를 가니 그 향기가 옹기종기 모여 있는 원우회의 향기는 어디까지 퍼져나갈까요. 상상만 해도 가슴에 향기가 스며듭니다.
　원우회 회원님들이 문학동우회를 만들어 오순도순 글의 향기를 나눈 지도 어느덧 3년이 되었습니다. 회원도 50명을 훌쩍 넘었습니다. 그동안 한 달에 한 번씩 만나 글 이야기로 꽃을 피우고, 전문 작가를 초빙해 글 쓰는 법도 열심히 배우고 익혔습니다.
　문학회 원우님들의 꿈은 거창한 작가가 되는 게 아닙니다. 글을 좋아하는 사람들이 만나서 글로 세상 이야기를 하고 인연의 끈을 더 단단히 하려는 소박한 꿈들이 더 많습니다. 문학회 원우님들의 글에도 다소의 높낮이가 있겠지만 누구도 그 높이를 재려고 까치발을 하지 않습니다. 저는 원우님들의 그런 넉넉한 마음이 너무 좋습니다.
　문학회의 공동문집은 작은 씨앗입니다. 씨앗 하나를 심었으니, 그 씨앗이 싹을 틔우고 꽃도 피우고 풍성한 열매도 맺을 것으로 믿습니다. 세상에서 가장 소중한 것은 귀한 씨앗 하나를 심는 일입니다. 그런 의미에서 저는 이번 공동문집이 너무나 자랑스럽습니다. 마음을 모아 좋은 글을 써주신 16인 작가님들께 깊이 감사드립니다.
　이번 공동문집에는 회원님 열여섯 분의 글 40편 가까이가 실렸습니다. 수필도 있고, 시(詩)도 있고, 소설도 있고, 여행기도 있습니다. 하나같이 글들이 모두 빛납니다. 글의 향기도 들을 넘어 산까지 닿습니다. 글 하나하나에는 원우님들의 갈고닦은 흔적들이 새겨져 있습니다.
　저는 이번 공동문집이 문학회 원우님들 '인연의 증표'라는 생각에 가슴이 더 뿌듯합니다. 이런 귀한 증표가 또 어디에 있을까요. 어디에서 무슨 일을 하든 이 증표는 우리가 언제까지나 '한식구'라는 것을 보여줄 것입니다.

 공동문집 발간을 계기로 우리 문학회가 더 활기를 띠었으면 하는 바람을 가져봅니다. 원우님들의 글이 더 무르익어가기도 소망합니다.

 다시 한번 공동문집 발간을 축하하며 문학회 모든 원우님들께도 진심으로 감사드립니다.

서울대ACPMP 총동창회 문학동우회 회장 구지윤

동문들의 열정이 '공동문집'으로 꽃 피워

　문학동우회의 '공동문집' 발간을 진심으로 축하드립니다.

　2021년, 서울대ACPMP 총동창회장에 취임한 후 동문들에게 다양한 취미활동의 기회와 소통의 장을 제공해드리고자 '문학동우회'를 창립했습니다.

　창립 3년 만에 문학적 감수성이 풍부한 우리 동문들이 교류를 넘어 서로의 생각과 감성을 공유하는 '공동문집'을 발간하였습니다. 헌신적으로 동우회를 이끌고 계신 구지윤 회장님을 비롯한 동문들의 열정과 노력, 그리고 문학에 대한 갈망이 '공동문집'이라는 꽃을 피운 것 같습니다. 존경하고 사랑합니다.

　문학은 사상이나 감정을 언어로 표현한 예술이라고 합니다. 똑같은 경험에 대한 기록이라도 문학작품으로 접했을 때 더 큰 감동을 느낄 수 있습니다.

　우리 동문 작가 16인의 시, 수필, 칼럼, 소설 36편을 한데 모은 '공동문집'은 다양한 분야의 문학작품만큼이나 다양한 곳에서 사회생활을 하고 있는 16인의 삶과 경험, 세상에 대한 시각으로 풍부한 스토리와 따뜻한 감성을 전하고 있습니다.

　좋은 작품은 문장력 등 모든 기술적인 면도 중요하지만 가장 중요한 것은 작품에 대한 진심이라 생각합니다. 글은 진정성이 담보되어야 합니다. 글은 우리의 생각이며 마음입니다. 어떤 방식으로 표현되든, 글은 그 사람 자체이자 거울인 것입니다.

　그런 의미에서 우리 동문 16인의 진심이 담긴 '공동문집'은 좋은 작품입니다. 이 좋은 작품이 많은 이들에게 읽혀서 우리 동문들의 진심이, 따뜻한 감성이 전해지길 바랍니다. 그래서 그 감성이 독자들에게 인생의 길을 밝히는 가로등이 되고 희망의 노래가 되었으면 합니다.

　끝으로 '공동문집' 발간에 참여하신 16인의 동문 작가님을 비롯한 모든 분들의 노고에 다시 한번 경의를 표합니다. 감사합니다.

서울대ACPMP 총동창회 회장 문 주 현

목차

인연의 향기가 만 리를 가길
구지윤 서울대ACPMP 총동창회 문학동우회 회장

동문들의 열정이 '공동문집'으로 꽃 피워
문주현 서울대ACPMP 총동창회 회장

[시]

구영민
無限追具之 斗庚滋岷芽 (무한추구지 두경자민야)   10

김동완
가을 마중   14
감   15
매머드의 눈동자   16

김재춘
내 아내   18
노랑 병아리   19

박상우
傷處 위에서   20
니체에게...   21

변호중
어제   22
돌맹이   23

장재훈
잡초   24
나의 꽃   25
선물   26

최영준
입춘(立春)을 보내며   28
선운사 가을   29
그것은 그리 멀지 않은 곳에 있을 것 같다   30

[소설]

손호균
끝없는 순환, 그 너머   38

[수필]

구지윤
안전의 가치를 건설하다   48

김 현
아버지 회상(回想)   58

류영창
왜 '건강 헛똑똑이들'이 많을까   62

박창언
칠순여행   74

성낙준
험난한 발명가의 길   90

윤석구
민족의 靈山 백두산을 등정하며   98

윤재철
당신 멋져   120
핵전쟁과 스위스   124

이철희
한 강의 기적은 계속 이어집니다   130

이현수
인생의 방향을 좌우하는 한마디 말   134

장재훈
내기 곁에 있잖아   140

시詩

구영민
9기

無限追具之 斗庚滋岷芽
(무한추구지 두경자민야)

9[1]
소나비가 좋아 그렇치.
나루터 장마에도 집중 호우에도우레 천둥 둥지 잃은 둥둥 별안간 불어난 개울가지나 신빙의 꿈을 만나 두경지야
아름다운 밤하늘 아래

22
작렬하는 태양 열풍속에도
태릉의 푸른 솔에도
앙코르 와트의 고대 유적 터에서도 신비의 꿈을 만나 두경지야

44
몽골에서의 무한 별 빛이 쏟아 진
태무진 징기스칸과 보르테가 만난 아름다운 밤하늘 아래
약속된 전장터 그 격전의 밤 쇠어진 울림속에
두경의 북두칠성은 일곱으로 하나 되어 무한추구 별의

---

1) 앞에 숫자는 대나무 마디를 의미.

순간을
자민야

55
툭 툭 , 투욱 우우 —
또 온전히 반틈 잘라 반월도로 펴쳐질 은하수 물결에도
세상의 절반을 온전히 차지 해 온 지평선 —

별의 순간을 육삼에 맞이 할 제갈공명에게 묻다,
너는 누구지
또
그 기다림의 긴 시간 보다는
천결을 아는 천결대로 일곱 번의 울림으로 선택받아 화
환경속에
빈다야

63
기다림의 가치보다는
기다림의 철학이 있었고,
인생을 배운 가치보단
인생의 노애락을 쌓아 온 도돌이로 우선
희야라

세월의 모가지를 비틀고서
내 맡겨라
떠나가거라
세월속에 주인공역을 맡김보다는
세상을 살아 갈 반이 아닌 올가치를 안다 !
아히야 자랑말거라

가진 것보다 더 가짐이 얼마나 무거움을 !
빌빌 공히야
자민야 두경지야

64

내일을 항해 할 그 담대한 생각을
또,
그려 가야할 수평선 —

지금의 무한히 불어 닥쳐왔었던
파도 높이에도
더 신나하는 오늘의
그 파도가 가진 서핑으로 그 에너지를
파도치는 대로 파도타고 떠나
가리야

77
저 수평선 너머로
저 파도 위로
날아 오르는 저 새의 이름을 물어본다 ...
또한이 더할 이 나이야

김동완
17기

가을 마중

그대와 함께
아름다운 세상을 보았으니
우리의 사랑도 아름다워질 수 있을까요

코스모스가 바람에 흔들려도
제 길을 넘지는 않듯이
은행잎이 노랗게 물들어도
하늘빛까지 물들이지는 않듯이
우리도 그런 겸손한
사랑을 할 수 있을까요

얼굴을 기대면
욕심 없는 가을이 있습니다
가슴을 기대면
수줍은 가을이 있습니다

햇살이 그대에게 넘어지듯이
그대도 가을 속으로 넘어져 갑니다

감

당신에게 용서를 빌던 날
가을볕과 함께 늦도록 놀다 와서
당신에게 처음으로 용서를 빌던 날
창밖에는 감이 익어가고 있었지
당신이 괜찮다고
그런 거 잊고 산지 오래라고 말을 하니
창밖의 감은 더욱 붉게 익어가고 있었지
나도 당신의 그 너그러운 마음 배우려고
서운했던 감정 모두 내려놓고 나니
감 하나가 툭하니 떨어져 바닥에 뒹굴었지
가을이 무어라고
가을이니 모든 잘못이 다 용서가 되는구나
용서하고 남은 잘못들은
눈 쌓인 겨울밤 얘기하기로하고
오늘은 그만 잊읍시다
다정한 당신의 얼굴이 감 빛깔 같으니
내 마음도 잘 익어서 긴 장대 들고 감을 따는
당신의 망태 속으로 들어가고 싶었지

※ 윤용상 친구에게...

매머드의 눈동자

수억 년 전의 목초지에서
매머드가 발견되었다는 뉴스는
더 이상 경이롭지 않아요

깊고 푸른 바다에서
신들의 도시가 발견되었다는 이야기도
더 이상 신비롭지 않아요

살아있는 모든 것은
전설이 되고 화석이 되어서
먼 미래의 시간을 기다립니다

수억 년 전의 매머드를 만나
눈동자를 마주치듯
아직 오지 않은 사람을 위하여
죽은 꽃 하나 바위로 눌러 놓습니다

김재춘
17기

내 아내

아침에 출근하는데 아내가 한마디 한다
오늘 스케줄 어떻게 돼요
당신 요즘 체력이 많이 떨어졌던데 술은 적당히 해요

어머니 병문안을 하러 가는 차 안에서
아내가 한마디 한다
속도 좀 줄여요 당신 요즘 주의력이 많이 떨어졌어

재밌는 드라마를 신나게 보고 있는데 오늘도 아내가 한마디 한다
TV 소리 좀 줄여요 당신 요즘 귀가 잘 안 들리나 볼륨이 너무 높아요

내 아내는 불란서 유학파다

노랑 병아리

어쩜 요리도 이쁠까.
엄마 따라 졸졸졸!
새끼 때는 하마도 귀엽기는 하드만,
그래도 단연 으뜸은 노랑 병아리…

박상우
6기

傷處 위에서

(이라크 비스마야 신도시 공사재개를 기원하며)

砲聲과 砲煙과 비명과 눈물과...
세상의 맨 끝자락이 그 곳이었는데
그럼에도 불구하고
그들은 다시 집을 짓는다.
상처받은 대지위에
상처입은 영혼들이지만,
어제의 눈물을 삼키고
내일의 태양을 기다린다.
아라비안 나이트 바그다드의 비스마야 신도시란 곳이다.
사랑의 강물이 말라붙었다는 그 자리에서
나는 여전히 우두커니 서있다.
애정의 tea pot이 다시 끓어오를
그날을 기다리며
올지 안올지 모를 단비를 기다리며
그럼에도 불구하고...
그럼에도 불구하고 말이다.

니체에게...

(군중 속의 고독을 즐겨라, 혼자일 수 없다면 나아갈 수 없다...)
사람이 무섭다는 건 익히 알고 있네만
또 어쩔 수 없이 가장 좋은 것도 사람인지라
우리는 가끔 무례하기도,
무리하기도 하지
상대의 선도 넘고,
나의 선도 넘게 되지
내가 때로는 만리장성을 넘어가는
"흉노족"의 모습이 되는 걸 보게 되지만
어쩌겠나 그게 사람인 것을
고독이 두려운게 아니라
사람이 그리운거지
민들레, 일편단심 민들레라고 하지

변호중
12기

어제

어제를 반갑게 맞는다.
온 근육이 아우성친다.
다시는 오지 않기에
한바탕,
호들갑을 떨어 본다.

그만하면 충분하다고
나의 속가지 하나
슬쩍 잘라내어 본다.

가쁜 숨 잠시 멎고
그대의 손짓도
안갯속으로 사라진다.

아, 그건 착각이다
안개 걷히니 닦달하며
또 나를 따라온다.

돌멩이

강가에 돌멩이
그제야 찾았네

주운 돌멩이 버렸네
드디어 찾았네

처음 돌멩이

장재훈
2기

잡초

한여름 어느 날 거리를 지나다
우연히 눈이 마주친 한 줄기 잡초
아스팔트 도로 중앙분리대
숨 막히는 작은 틈새에서
한 포기 생명이 손을 흔든다.
바위처럼 단단한 땅에서
가녀린 싹은 어떻게 틔워냈는지
뜨거운 열기는 또 어찌 견뎌냈는지
누가 심지도 않고 돌보지도 않았건만
외로이 자라 고개 흔드는 풀 위에
우리네 힘든 삶이 살짝 걸터앉는다.
부모로부터 생명을 받아 세상에 나왔으니
마지못해 떠안거나 남을 탓하지 말고
온전한 인간이 되기 위해 노력해야 할 터다.
만물의 영장이란 완장을 어깨에 두른 인간이
부모도 모른 채 아스팔트에서 하루하루를 견디는
이름 모를 풀 한 포기보다 못해서야 되겠는가.

나의 꽃

꽃은 아름답기만 한가
향기도 피워주고
열매도 맺어주고
보고 있으면 편해진다
한평생 곁에 피어있는
나의 꽃

선물

얼굴에 무엇이 묻었다
떼어내려 해도
닦아내려 해도 그대로다
어제 없던 주름 하나
사전 연락 없이
인생 계급장 되어 앉아있다
없애려고도 했지만
한참을 보니 내 얼굴에 어울린다

산도 넘고 강도 잘 건넜다고
하늘이 주신 선물
많이 내려주소서
아름답게 그려주소서
인생 골짜기 아닌
노후 낙원으로

최영준
17기

입춘(立春)을 보내며

당신이 화장(化粧)을 하고 나니
구름 속 비바람 날씨가 금방 맑아질 예정입니다.

시장에서 계란말이 김밥을 먹고 싶다는 그녀와
미술관에서 전시회를 관람하자는 나 사이에
비행기 날개가 짧게 흔들립니다.

파도 색깔도 방황하는 오후같이
당신의 치마가 짧아진 것은
봄 아니 여름이 머지않은 까닭인가 봅니다.

선운사 가을

함 뼘 햇빛이
빈 가방 든 손님처럼
문지방에 걸터앉았다

한 칸 바람결 따라
이불 깔린
선방(仙房)으로 들어오려다
문틈에 끼었다

어찌할 줄 모르고

한참 동안
마당을 맴도는 나뭇잎에
홍시처럼 숨어있던
우물 같은 눈빛

처마 밑 달그림자 매달고
별자리, 풍경소리 흔든다

그것은 그리 멀지 않은 곳에 있을 것 같다

Prologue
시집 한 권 스케치북과 만년필 그리고 두근두근 박동치는 심장을 안고
그대를 처음 바라볼 때처럼 조금 후면 떠나올 곳으로 떠납니다

1
모든 출발은 완전한 형태에서 시작한다기에
그곳은 그대를 위해 사랑스럽고, 오늘 그대와 함께여서 행복합니다
여기에 있든, 저기에 있든

2
우리가 행복한 여정을 하고 있다는 것을 확인하는 저녁과 아침입니다
그곳에서 함께 있는 그대의 아름다운 숨소리가 기쁜 손짓을 남겼습니다

그날 당신의 마음이 있어 여전히 고운 햇빛입니다

3
하늘에서 본 그곳의 그림자
그대만을 허락하는 출입증 아직 열리지 않는다
창으로 스며드는 바닷속으로 보인다
함께 서 있던 물빛 속으로 그대가 번지고
그날의 눈물에 나이가 묻어가나 봅니다

4
그곳은 눈물과 땀으로 마른 염전을 만들어 냈던 퉁퉁 부은 기억들
실패할 때마다 바람이 기어 다니던 등을 긁으며 다시 그날로 들어가곤 했다
이제 그대는 슬픔과 아무 상관이 없다고 침묵으로 말하지 않겠습니다

5
그날의 밤하늘은 박준 시인의 그해 여수 저녁 못지않았습니다

언어가 구차하게 느껴질 정도로 미소만으로 충분히 아름다운 밤이었고,
재스민 향기가 눈빛에 스며들며 별을 밝히는 그곳의 만찬이었습니다

오늘은 이곳에서 조용한 바다처럼 그대를 찾을 수 있겠습니다

6
소원을 빌면 이루어진다는 그곳의 성당에서 그대의 고민이 해결되었으면 좋겠다고 했다
스페이드 에이스 카드가 된 행운이 오늘 이곳에 아무도 모르게 전달되었다
고민과 행운이 고운 연(緣)들로 품어 해변 하늘 바다 위로 노크를 하고 있다
여기선 햇빛만 나풀거리듯 행복한 날들이다

7
그날도 그대가 언제 내 속에 숨었는지 모르지만
그곳에 치는 파도 소리가 그대를 잊지 않게 하는 마음속 채찍입니다
변치 않는 그 소리 그대는 멈출 수 없겠습니다

8
그날은 비가 오는가 봅니다
이곳은 날씨가 비를 맞을 대기 중입니다
우산은 보이나 아직 비처럼 보이질 않습니다
읽던 책을 덮고 그곳에 가고 싶었지만

오늘이 비어 있을까 걱정이었습니다
아무 말도 하지 않는 것이 날씨 탓은 아니었을 겁니다

9
그날은 밤을 이길 수 있는 것이 아침의 햇빛이 아니라 견딜 수 있는 시간이라면

푸르게 살아남은 그대의 눈동자는 그곳에 반쯤 머물 줄 알았다

사실은 말이 끝나 오래 침묵을 숨겼을 뿐이다

10
질투라는 녀석은 질투하는 자가 스스로 원하고 싶은대로 질투당하는 자를 바꾸어 퍼뜨리곤 하지
그곳의 나뭇잎이 너무 푸르다고, 그날의 공기가 너무 뜨겁다고
이제는 제발 그대가 푸르고 뜨거웠으면 좋겠습니다

11
감히 내가 그대의 슬픔을 읽을 수 있을까
그날 사랑은 내가 알아서 할 테니 그대는 신록이 우거진 채로 그곳에 있기만 하여라

바람이 불 때까지 천천히 걸어 가겠다

12
새로운 사랑이 오는 것은 두렵습니다. 헤어짐의 아픔이 어떤 것인지 알기에
우리의 여정이 눈동자로 태어나고 몸짓으로 살았고 두 번의 짧은 입맞춤으로 아려옵니다.
허락 없이 국경을 넘나들던 언어가 찾으려고 헤매던 인생샷의 사라진 풍경으로 남아있고

새로운 선물을 사고 가방이 무거워진 것을 보니 여정이 끝나가나 봅니다

조금을 버리려 떠났는데 더욱 채워져 떠납니다

기다리는 그곳을 생각하니 그대와 떠나가는 다음 여정이 그리워집니다

13

아픈 내가 당신의 이름을 지어다가 며칠을 먹었다는 박준 시인의 중얼거림을 생각하며

이번 여정이 언제나 마지막이야 라고 말하는 그대의 입

술은 이 날에도 붉었다

잊을 만하면 비가 내리는 오늘에서 뜨거움이 그리운 그 곳으로 가자

14

그곳의 아이스크림 같은 달달함은 무엇일까

달달함이 끝나갈 때쯤 텅 빈 부스러기 봉지가 푸석푸석 길바닥에 남아있다

아이스크림도 먹었고, 사랑은 끝났고, 여정이 종료되었다

아마도 그것은 그리 멀지 않은 곳에 있을 것 같다

Epilogue

또 다른 여정의 시작

지끈거리는 두통이 햇빛에 깰 무렵 아무 일도 없었던 것이

그곳의 기억이었다

소설小說

손호균
17기

끝없는 순환, 그 너머

위재천은 서른아홉 번째 생을 살아가고 있었다. 현재는 2024년 6월 16일, 그의 나이 마흔아홉. 그는 자신이 50세가 되면 어떤 이유에서든 세상에서 사라진다는 사실을 지난 몇 생애 동안의 경험으로 알게 되었다. 그리고 그 후 환생하면 모든 기억을 잃게 된다는 것도. 다만, 이번 생애에서는 앞으로 살 날이 많지 않다는 것을 깨닫고 있었다. 위재천의 삶은 늘 비슷했다. 그는 환생할 때마다 이전 생애에 대한 단 한 번의 기억을 가지고 있었고, 40세가 되어서야 자신이 특별한 존재임을 깨달았다. 위재천이 40세가 되던 해, 갑자기 머릿속에 이전의 삶이 투영되었다. 처음에는 단순한 꿈으로 여겼지만, 꿈이라고 하기에는 너무나도 선명했다. 그의 뇌리에 떠오르는 기억들은 과거 어느 순간의 파편들이었고, 그것들은 너무도 현실적이었다. 조금씩 그 기억들의 조각을 맞추기 시작한 그는 자신이 이전에도 한 번 살아본 적이 있는 인생을 살고 있음을 깨닫게 되었다. 이번 생에서는 서울에서 태어났고, 지금은 중견기업 빈손인터내셔널 마케팅팀 팀장으로 일하고 있었다. 그의 일상은 반복되었지만, 마음 한구석에는 언제나 불안감이 자리 잡고 있었다. 그것은 자신의 마지막 날이 가까워질수록 점점 강해졌다. 그 불안감은 업무에도 영향을 주었다. 그는 중요한 프레젠테이션 자료를 준비하다가 문득 이전 생애의 기억이 떠올라 멍해지곤 했다. 과거의 기억들이 그의 의식을 채우면 현재의 일이 더는 손에 잡히지 않았다. 결국, 그는 종종 업무를 마감하지 못하고 실수를 저질렀다. 직장 상사인 김 부장은 그런 재천을 눈엣가시처럼 여기기 시작했다. 김 부장은 겉으로는 친절한 척했지만, 항상 재천의 업무를 감시하고 트집을 잡았다. 어느 날, 회의 도중 재천이 또다시 멍해지자 김 부장은 참지 못하고 큰 소리로 질책했다.

"위 팀장! 도대체 요즘 왜 이러십니까? 업무에 집중 좀 하세요! 계속 이러면 팀 전체가 피해를 봅니다!"

재천은 얼굴이 화끈거렸지만 아무 말도 하지 못했다. 자신이 왜 이렇게 되는지 설명할 수도 없었고, 자신의 특별한 상황을 이해해 줄 사람도 없었기 때문이다. 그날 이후, 김 부장은 더욱 심하게 그를 괴롭히기 시작했다. 작은 실수에도 과장되게 꾸짖고, 다른 팀원들 앞에서 망신을 주는 일이 잦아졌다. 어느 날, 위재천은 회사에서 퇴근 후 집으로 돌아가는 길에 낯익은 골목을 지나가게 되었다. 그 골목은 이상하게도 익숙한 느낌을 주었다. 그는 골목을 따라 걷다가 한 작은 찻집을 발견했다. 찻집의 이름은 '사랑이 뭐길래'였다. 어디서 본 듯한, 기억을 스치는 간판이긴 한데 데자뷔 영상이 머리를 스쳐 갔다. 그의 발걸음은 망설임 없이 그 찻집으로 향했다. 문을 열고 들어선 찻집은 기억 속 그대로였다. 탁자와 의자의 배치, 은은한 조명의 느낌, 그리고 창가에 놓인 작은 화분까지 모든 것이 똑같았다. 위재천은 의자에 앉아 주변을 둘러보았다. 낯익은 풍경 속에서 그는 머리가 복잡해지기 시작했다. 찻집 안으로 들어가자, 따뜻한 차 향기가 그의 코를 간질였다. 주인장은 머리가 희끗희끗한 노인이었고, 그를 보자마자 미소를 지었다. 찻집 주인은 그를 알아보는 듯한 표정으로 다가와 "오랜만이네요."라고 인사했다. 순간 위재천의 머릿속은 더욱 혼란스러워졌다. 이 찻집 주인은 분명 처음 보는 사람인데, 왜 이런 말을 하는 것일까? 그는 조심스럽게 "혹시 저를 아세요?"라고 물었다. 찻집 주인은 미소를 지으며 "예, 과거에 자주 오셨잖아요."라고 대답했다. 위재천은 노인의 말에 혼란스러워졌지만, 차를 한 잔 주문하고 자리에 앉았다. 차를 마시며 그는 지난 생애의 기억을 떠올리기 시작했다. 그것은 바로 이전 생애의 마지막 날, 같은 찻집에서 노인과 대화를 나누던 기억이었다. 노인은 부드럽게 웃으며 말했다.

"그렇습니다. 아주 오래전, 당신은 이곳에서 차를 마셨죠. 하지만 이번 생애는 처음이네요."

그 말을 듣는 순간, 위재천의 기억 속 파편들이 하나의 그림으로 맞춰지기 시작했다. 그는 이 찻집을 이전의 삶에서도 방문한 적이 있다. 그리고 그때마다 지금처럼 혼란스러워했던 기억이 떠올랐다. 그는 머리를 감싸 쥐며 생각에 잠겼다. '내가 계속 무한히 환생하고 있는 것은 아닐까?'라는 의문이 그의 마음을 사로잡았다.

시간이 흐를수록 그의 의문은 점점 커졌다. 그는 자신

의 이전 삶들을 되짚어보며, 매번 같은 찻집을 방문했던 기억들을 떠올렸다. 그리고 그곳에서 느꼈던 익숙한 감정들, 그와 비슷한 대화를 나눴던 사람들, 그리고 비슷한 상황들이 반복되었던 것을 깨달았다. 차를 마신 후, 위재천은 혼란스러운 마음을 달래기 위해 위스키 한잔을 주문했다.

"어르신, 여기 몰트위스키 한잔 주문이 가능한가요?"

조용히 눈을 마주친 노인. 잠시 후 노인은 그에게 술잔을 건네며 말했다.

"이곳의 술은 특별합니다. 마음을 가라앉히고 진실을 마주하게 해줄 겁니다."

재천은 술잔을 들고 한 모금 마셨다. 주문한 몰트위스키는 분명 아니었다. 독한 술이 목을 타고 내려가자 그는 마음이 조금씩 차분해지는 것을 느꼈다.

"삶이란 대체 뭘까요?"

재천이 묻자, 노인은 차분히 대답했다.

"삶은 우리가 스스로 만들어가는 것입니다. 당신은 여러 생애를 살아왔지만, 진정으로 원하는 것이 무엇인지 찾지 못한 것 같습니다."

"원하는 것이라……."

재천은 술잔을 비우며 생각에 잠겼다.

"내가 원하는 건 무엇일까요?"

노인은 그의 눈을 바라보며 말했다.

"당신의 삶을 사랑하고, 그 안에서 행복을 찾는 것 아닐까요? 너무 늦기 전에, 당신의 진심을 찾아보세요."

재천은 노인의 말에 고개를 끄덕였다.

"그렇군요. 나는 늘 반복되는 삶 속에서 불안감만 느꼈지, 진정으로 살아본 적이 없었어요."

노인은 미소를 지으며 그의 잔을 채워주었다.

"지금이라도 늦지 않았습니다. 남은 시간을 소중히 여기고, 당신의 마음을 따라 살아보세요."

위재천은 그 말에 깊은 내면의 갈등을 느꼈다. 그는 수십 번의 환생을 통해 자신이 원하는 것을 찾지 못했지만, 이번 생애에서는 다르게 살아볼 기회가 주어졌다는 생각에 두려움과 희망이 교차했다.

위재천은 깊은 생각에 잠긴채 손가락 끝으로 흙을 만지작거렸다. 이번 생이 곧 끝날 것을 직감한 그는 다음 생에서도 이 삶을 기억할 방법을 고안해야 했다. 매번 환생할 때마다 새로이 겪어야 하는 혼란과 공허감을 이제는 끝내고 싶었다.

그는 어린 시절 자주 방문했던, 그리고 모든 것이 시작된 그 숲을 떠올렸다. 숲 한가운데에 있는 고목은 언제나 그의 비밀을 간직해 주었다. 그곳이라면 다음 생에서도 자신을 찾을 수 있을 것 같았다.

위재천은 고목 앞에 도착해 주위를 둘러보았다. 이곳은 변하지 않은 채 그대로였다. 그는 작은 칼로 고목의 두꺼운 줄기 한 부분에 조심스럽게 문양을 새기기 시작했다. 오직 자신만이 알아볼 수 있는 특별한 기호였다. 세 개의 나선과 가운데에 찍힌 작은 점. 단순하지만, 너무나도 의미가 깊은 표시였다.

마지막으로 그는 문양 아래에 이렇게 적어 두었다.

"위재천, 다시 돌아오라."

그는 깊이 한숨을 내쉬며 자신의 작품을 바라보았다. 이제 다음 생에서 이곳을 찾아올 자신에게 작은 힌트를 남겼다. 이곳을 발견하는 날, 그는 모든 것을 기억해낼 수 있을 것이다.

위재천은 고목을 마지막으로 한 번 더 쓰다듬으며 속삭였다.

"잊지 마라. 너는 언제나 이곳으로 돌아올 것이다."

6월 30일, 이번 생의 마지막 날을 앞두고 위재천은 마지막으로 '사랑이 뭐길래'를 찾았다. 노인은 여전히 그를 기다리고 있었다.

"이제 결정하셨나요?"

노인이 물었다.

위재천은 순간 깊은 갈등에 빠졌다. 과연 이번 생애에서 벗어날 준비가 되었는지, 아니면 또 다른 생애를 반복해야 하는지 혼란스러웠다. 그는 노인의 질문에 쉽게 답할 수 없었다. 마음속 깊은 곳에서 여러 감정이 얽히고설켰다. 그는 환생을 반복하면서도 진정한 행복을 찾지 못했지만, 또 다른 생애에서 더 나은 선택을 할 수 있을지도 모른다는 희망이 생겼다.

"정말, 이번 생에서 벗어나야만 하는 걸까요?"

재천은 눈을 감고 깊게 숨을 내쉬었다. 노인은 잠자코 그의 대답을 기다렸다.

"저는……."

재천은 말을 잇지 못했다. 그의 눈에는 망설임과 두려움이 가득했다.

"아직 결정하지 못했어요."

노인은 이해한다는 듯 고개를 끄덕였다.

"괜찮습니다. 모든 결정에는 시간이 필요한 법이죠. 당신이 무엇을 선택하든, 그것이 당신의 길일 겁니다."

위재천이 마음의 평화를 찾지 못하는 것은 욕망 때문이라며, 노인은 다음과 같이 말했다.

"잘 보세요, 재천 씨. 당신이 반복되는 생애를 통해 기억을 잃는 것은 오히려 큰 축복일 수 있어요. 그 기억이 없기 때문에 과거의 잘못된 선택이나 아픔을 떠올릴 필요가 없으니 말이죠. 그러니 자유롭게 새로운 생애를 살아보세요. 현재의 모든 선택이 당신의 길을 만들어갈 거예요."

위재천은 노인의 말에 조심스럽게 미소를 지었다. 환생의 순환에서 벗어나지 못한 채 삶을 계속해야 할지에 대한 불안이 여전히 그의 마음을 감싸고 있었지만, 노인의 말에 마음이 편해졌다. 위재천은 찻집을 나서며 결심했다. 이번 삶에서는 무언가 다르게 해보리라. 그는 이제 과거에 얽매이지 않고 새로운 선택을 하기로 마음먹었다. 무한한 환생 속에서도 자신의 길을 찾아 나가려는 그의 여정이 이제 막 시작된 것이다. 그 순간, 위재천은 환한 빛에 휩싸이며 사라졌다. 그리고 그는 다시 태어났다. 또 한 번의 생애가 시작된 것이다. 영원한 순환에서 벗어나지 못한 채로. 노인은 빈자리에 놓인 술잔을 보며 미소 지었다.

"다음 생애에서도 평화를 찾길 바라요, 재천 씨."

수필隨筆

구지윤
4기

안전의 가치를 건설하다

방독 마스크, 생명을 지키는 '안전 천사'

1990년, 건설의 세계에 첫발을 내디딘 후 어느덧 34년이 흘렀습니다.

그동안 ㈜도시애를 운영하며, 우리 회사가 분양 대행을 맡은 많은 단지가 큰 성공을 거두었습니다. 덕분에 「대한경제(舊 건설경제)」 신문(2010.09.02.) 한 페이지에 걸쳐 '분양 미다스의 손 구지윤 도시애 회장'이란 타이틀로 인터뷰 기사가 실리기도 했습니다. 이는 그때그때 시장 상황에 맞는 마케팅 기법을 활용하고 고객의 니즈를 파악한다는 경영 원칙 때문이었습니다.

34년이라는, 짧다면 짧고 길다면 긴 여정을 통해 참으로 다양한 경험을 쌓으면서 많은 것을 보고 배웠고, 우리나라 건설인으로서 큰 자부심을 느꼈습니다.

"안전은 우연이 아니다. 그것은 관리되고 지켜져야 하는 것이다."

이 말을 마음에 새기며, 최근 빈번하게 발생하는 아파트 화재 사건을 접하면서 많은 생각을 했습니다.

특히 지난해 성탄절 새벽에 발생한 도봉구 아파트 화재 사건(연합뉴스/2023.12.25.)은 많은 이들의 가슴을 아프게 했습니다. 불길과 연기를 피해 7개월 된 아기를 안고 뛰어내린 30대 아빠와 가족을 먼저 대피시키고 뒤따르던 30대 남성이 목숨을 잃은 비극적인 사건이었습니다.

이 사건을 통해 건설인으로서의 책임감을 다시 한번 뼈저리게 느꼈습니다. 또한, 건설 종사자들이 왜 화재와 같은 재난 상황에서 적절히 대처하지 못하는지 깊이 고민하게 되었습니다.

화재가 발생했을 때 단순히 대피만으로 안전이 보장되지는 않는다고 생각합니다. 이는 국가적 차원에서 고민하고 해결해야 할 문제입니다.

KBS 방송의 재난 행동요령에 따르면 주택 화재 발생 시 물에 적신 수건으로 코와 입을 막고 탈출하라고 합니다. 그러나 현실은 다릅니다. 유독가스로 인해 질식사하는 경우가 대부분이며, 불에 타서 죽는 경우는 드뭅니다. 이는 우리 건축물이 튼튼하게 지어졌기 때문이기도 합니다.

"안전은 잠재적인 위험을 인식하고 예방하는 데서 시작된다."

저는 거주하던 아파트의 입주자 대표로 활동한 적이 있습니다. 고층 아파트(49층)인지라 화재가 발생하면 피해도 그만큼 클 수밖에 없어, 화재 발생 시 피해를 최소화하기 위해 유독가스 질식 방지 방안을 모색하기 시작하였습니다.

그 결과, 입주민들의 안전을 보장하기 위해 전 세대에 방독 마스크를 구비하기로 결정했습니다. 소방청과 지하철에도 방독 마스크가 비치되어 있긴 하지만, 그 수량은 턱없이 부족합니다.

우리 아파트만이라도 전 세대가 방독 마스크를 구비하면 무엇보다 안전에 유용할 것이라는 생각이었습니다. 그래서 449세대 모두가 가족 수만큼 방독 마스크를 구매하여 신발장에 비치하도록 조치하였습니다.

군대에서 화생방 훈련을 받은 남성들이라면 방독 마스크의 중요성을 익히 잘 알 것입니다. 방독 마스크는 일정 시간 동안 유독가스로부터 우리를 보호해 줍니다. 방독 마스크를 착용하고 계단을 통해 안전하게 대피하면 소방차와 헬기가 출동하여 구조될 때까지 인명 피해를 줄일 수 있습니다.

그리고 이러한 조치는 곧바로 현실에서 그 위력을 발휘했습니다.

올해 2월 초, 제가 사는 아파트에 정전 사태가 일어났습니다. 당시 저는 김해 출장 중이었는데, 저녁 9시경 집에 혼자 있던 아들로부터 전화가 왔습니다.

"엄마, 갑자기 불이 나갔어요. 방송도 안 나오고, 전기도 끊겼어요. 온 세상이 암흑천지예요. 아무런 정보도 없고, 어떡하죠?"

당황한 아들에게 저는 침착하게 지시했습니다.

"우리 신발장에 비치된 방독 마스크를 들고, 젊으니까 계단으로 내려가. 내려가다가 매캐한 냄새가 나면 마스크를 써. 휴대폰 불빛에 의지해서 빨리 내려가."

아들은 비상계단을 이용했지만, 비상등도 작동하지 않는다고 했습니다.

이후 저는 119에 전화해 삼성동 ○○파크 정전 원인을 물었고, 소방서에 연결해 달라고 요청했습니다. 금방 근처 호텔에서 화재가 발생하여 삼성동 전체가 위험한 상황이었기 때문에 아파트 전원을 차단한 것이라는 정보를 무전을 통해 들을 수 있었습니다. 다행히 아파트에는 화재가 발생하지 않았다는 사실을 확인했습니다.

곧바로 아들에게 전화했으나 연결이 되지 않았고, 잠시 후 1층까지 무사히 내려왔다는 연락을 받았습니다.

잔뜩 긴장했다가 안도의 한숨을 내쉬는데, 아들이 하는 말이 자신 외에도 방독 마스크를 들고 있는 사람들을 여럿 보았다고 합니다. 그리고 아들은 방독 마스크를 들고 내려오면서 여차하면 쓰면 된다고 생각하니 두려움이 전혀 없었고, 그제야 '엄마가 입주자 동대표로 활동할 때 방독 마스크를 준비한 것이 정말 잘한 일이구나!' 깨달았다고 합니다.

이 사건 이후, 저는 방독 마스크의 중요성을 다시 한번 느꼈고, 이를 건설회사와 논의하여 더 많은 사람이 대비할 수 있도록 해야겠다고 결심했습니다.

"안전은 모든 사람의 책임이다."

아파트뿐만 아니라 노인복지시설도 마찬가지입니다.

저는 강남 노인복지관에서 운영하는 실버타운의 운영위원장을 맡고 있습니다. 우리 건물은 노후한 6층짜리 건물로, 노인들이 주로 거주하고 있어 항상 걱정이 있었습니다.

"이 건물에 불이 나면 어르신들을 어떻게 대피시킬 수 있을까?"

저뿐 아니라 모든 관계자가 고민하는 문제였습니다.

그날 회의에서 우리는 소방차가 올 때까지 어르신들이 안전하게 대피할 방법을 논의했습니다. 대피 공간이 마련되어 있기는 하지만, 갑작스러운 화재 상황에서 당황하지 않고 대응하기란 쉽지 않습니다. 특히나 노인과 같이 거동이 불편한 분들에게는 더욱 어렵습니다. 노인들은 체력이 약하고 대처 능력이 떨어지기 때문에 화재와 같은 재난 상황에서 큰 위험에 노출될 수 있습니다.

이 점에 착안하여 소방차가 도착하기 전까지 노인들이 안전하게 대피할 수 있도록 방독 마스크를 준비해 두는 것이 중요하다고 생각했고, 실버타운의 안전 대책을 강화하기 위해서 방독 마스크를 꼭 구매해야 하겠다고 느꼈습니다.

노인 인원과 종사자 수만큼 방독 마스크를 비치해 두면, 모든 종사자가 이미 교육을 받았기 때문에 소방차가 올 때까지 안전하게 대피를 도울 수 있을 것입니다.

제가 사는 아파트 전 세대에 방독 마스크를 구비한 경험도 있던 터였습니다. 저는 화재용 긴급 대피 마스크를 전문적으로 생산하여 군납하는 대기업 자회사인 C 회사와 접촉한 후 직접 찾아갔습니다.

그리고 대표이사와의 미팅을 통해 방독 마스크가 실제로 얼마나 안전한지 확인할 수 있었습니다. 사용하기도 무척 편했습니다. 안전 마개 원터치 분리 특허기술로 긴급 상황에서도 빠르게 착용할 수 있었습니다. 더욱이 국내에서 유일하게 어린이(5~13세) 전용 사이즈로 방독 마스크를 맞춤 제작한 회사이기도 했습니다.

한마디로 '안전 천사'와 같은 존재였습니다. 화재 시 연기 흡입으로 인한 피해를 최소화할 수 있는 방독 마스크는 인간의 생명을 구할 수 있는 중요한 도구이자 '안전 천사'인 셈입니다.

제가 미팅 때 노인복지시설뿐 아니라 아파트와 공동주택에도 방독 마스크를 비치하면 좋겠다는 의견을 내놓자, 대표이사가 감명받은 듯 말했습니다.

"회장님, 우리 회사에서도 이 제품을 아파트에 판매할 생각은 전혀 못 했습니다. 이렇게 좋은 아이템을 생각하지 못한 것이 부끄럽습니다."

"안전은 준비된 자의 것이다."

2024년 기준 소방청 통계에 따르면 최근 5년간 발생한 아파트 화재는 총 14,112건으로 사망자는 174명, 부상자는 1,607명이었습니다. 사망자 중 71.2%인 124명이 연기 흡입으로 사망했습니다. 즉, 인명 피해의 주요 요인은 바로 연기 흡입이었습니다.

우리나라는 건축 기술이 매우 발전해 있어 건물 자체는 안전하게 지어집니다. 그러나 화재가 발생하면 사람들의 마음이 초조하고 불안해져 대처가 어렵습니다. 실제로 화재 시 연기 흡입으로 인해 대피 중 사망하는 경우가 70%를 넘을 정도로 높은 수치를 보입니다.

제가 방독 마스크 구매에 발 벗고 나선 이유는 소방청 통계 때문이기도 하지만, 실제로도 화재 시 방독 마스크가 큰 도움이 되기 때문입니다.

연합뉴스(2020.10.08.)에 따르면 2020년 울산의 33층 주상복합 아파트에서 대형 화재가 발생했을 때 방독 마스크를 착용한 주민들이 안전하게 대피한 적이 있습니다.

또 다른 사례로, 2022년 경기도 군포시의 아파트 화재에서 방독 마스크를 착용한 주민들이 유독가스를 피해 안전하게 대피(조선일보/2022.12.04.)하기도 했습니다.

이 사례들을 통해 방독 마스크의 중요성을 다시 한번 실감할 수 있었습니다.

이러한 이유에서 저는 국민의 안전을 크게 향상할 수 있는 중요한 조치로, 건설회사에서도 소화기뿐 아니라 방독 마스크를 모든 아파트와 노인복지시설, 공동주택 등에 비치할 것을 제안합니다.

방독 마스크는 물수건으로 연기를 막는 것보다 훨씬 효과적입니다. 각 가정의 신발장에 방독 마스크를 비치해 두고, 화재 발생 시 빠르게 착용할 수 있도록 하는 것입니다.

"안전은 단순한 슬로건이 아니다. 그것은 우리 생활의 방침이어야 한다."

이 말을 가슴 깊이 새기며 우리나라 모든 건설사가 방독 마스크가 얼마나 유효한지를 보다 적극적으로 고려해야 한다고 생각합니다. 이는 단순히 개인적인 의견이 아니라, 건설 업계 전반에 걸친 안전에 관한 중요한 문제입니다.

현재 대부분 가정에는 소화기가 비치되어 있습니다. 건설사 차원에서 소화기와 함께 방독 마스크도 비치한다면 화재로 인한 인명 피해를 크게 줄일 수 있을 것입니다. 특히 안전 불감증이 만연한 우리나라에서는 건설회사가 앞장서서 이를 해결해야 한다고 믿습니다.

요즘은 휴대폰에 손전등 기능이 있어 화재 발생 시 어두운 상황에서도 길을 찾기 쉽습니다. 방독 마스크와 휴대폰을 함께 사용하면 화재 시 더 안전하게 대피할 수 있을 것입니다.

예를 들어 건설회사가 소화기를 비치할 때처럼 방독 마스크도 건설 원가에 포함해 제공하는 것입니다. 각 세대에 4개의 방독 마스크만 비치해도 충분합니다. 방독 마스크도 소화기처럼 이사 갈 때는 두고 가게 하면 됩니다.

현실적으로 개인에게 방독 마스크를 사라고 해도 잘 되지 않습니다. 그러나 새 아파트에 입주할 때 방독 마스크가 기본적으로 비치되어 있다면 다른 아파트 주민들은 '우리도 사야겠다.'라고 생각할 것입니다. 이 경우, 제가 그랬듯이 입주자 대표가 대량으로 구매해 보급할 수도 있습니다.

이러한 방식으로 화재 안전 수준을 높이는 것이 우리 건설인들이 앞장서서 수행해야 할 의무라고 생각합니다.

"안전은 우리 모두가 지켜야 할 가치입니다."

우리의 삶은 건축물의 벽 안에서 펼쳐지며, 그 안전은 우리 모두의 손에 달려 있습니다. 아파트와 노인복지시설을 넘어 모든 건물의 안전 대책 강화는 공동체의 책임이자 의무입니다. 화재로 인한 사망자 수를 줄이기 위해 연기 흡입 방지는 필수적입니다. 이를 위한 방독 마스크의 비치는 가장 기본이면서도 중요한 조치 중 하나입니다.

저는 건설인으로서 이러한 안전 대책을 마련하고 널리 알리는 일에 전념하고 있습니다. 이는 단순한 업무를 넘어 깊은 사명감과 책임감에서 비롯된 것입니다. 건물을 짓는 것만이 아니라 그 안에서 살아가는 모든 이들의 안전을 지키는 것이야말로 진정한 건설의 가치입니다. 이것은 제가 건설을 통해 추구하는 가치이며, 앞으로도 변함없이 제 삶의 목표로 남을 것입니다.

안전은 우리 모두의 행복한 삶을 위한 기초이며 이를 위한 작은 조치가 큰 변화를 가져올 수 있습니다. 방독마스크 하나가 한 생명을 구할 수 있고, 그 생명이 다시 우리 공동체에 기여할 수 있습니다.

그러므로 우리 모두 안전에 대해 더욱 관심을 가지고 적극적으로 대비하는 것이 중요합니다. 이것이 바로 우리가 함께 나아가야 할 길이며, 저는 이 길을 걷는 데 앞장서겠습니다.

김 현
3기

아버지 회상(回想)

  겨울날 얼어붙은 창밖의 풍경을 보면 2011년에 세상을 떠난 아버지 김규동 시인 생각이 난다. 유난히 다정했던 선친은 겨울이면 스케이트장으로 쓰이던 덕수궁 연못에서 손을 잡고 얼음지치기를 가르쳐 주었다. 차가운 바람을 맞으며 동생과 얼음판에서 긴 시간을 보낸 후, 회사에서 짬을 내 일부러 들른 아버지가 외투 주머니에서 내놓던 중국집 고기만두의 맛은 지금도 잊히지 않는다. 시대를 앞서갔던 아버지와 보낸 '새로운 시간'의 기억이 많다. 다섯 살 때 종로 단성사 극장에서 아버지 무릎에 앉아 시네마스코프 영화를 보았다. 영화평론도 썼던 아버지는 우리 형제를 극장에 자주 데려갔다. 그래서 후일 우리 형제 모두 영화를 자주 보는 사람이 되었다. 젊은 시절 폐병을 앓은 아버지는 평생 치료책으로 일광욕을 중시했는데, 그 덕에 여름철 우리 가족은 1960년대 한강 백사장에서 - 뚝섬에서 나룻배로 강을 건너 - 준비해간 소박한 점심을 먹고 뜨거운 햇살 아래서 일요일 오후를 보내곤 했다. 아버지는 수영도 가르쳐 주었는데, 그때 배운 배영이 아직도 자신 있게 할 수 있는 나의 유일한 수영방법이다. 아이들이 물놀이를 할 때 아버지는 밀짚모자를 쓰고 책을 읽었다. 새까맣게 그

을린 아버지의 마른 몸이 기억 속에 길게 남아 있다. 모더니스트 시인이었던 아버지는 재야의 민주화 문인으로 70, 80년대를 살았는데, 그 무렵의 시와 활동상에는 독재의 어둠 속에서 고뇌한 시인의 아픔이 담겨 있다. 아버지는 칠순에 가까워지면서 시구를 나무판에 새기는 전각 작업을 시도했다. 아버지는 이를 시각(詩刻)이라 불렀는데, 밤낮을 가리지 않고 끌로 글자를 새기는 일에 몰두했다. 새로운 과제를 정하면 물불을 가리지 않는 열정을 보여주는 아버지였다. 마침내 119점을 완성해 광화문 조선일보 미술관에서 〈통일염원 시각전〉을 개최하기도 했는데, 자작시를 새기면서 "시각을 하면 시가 짧아진다는 사실이 신기하다."라고 말씀하셨다. "민족 통일을 기다리는 마음으로 한 자 한 자 새기는 거다."라는 심중의 말씀이 가슴을 때렸다. 아버지가 내게 남겨준 정신적 유산은 '새로움에 대한 수용과 최선의 추구'이다. 돌아가기 바로 전날 저녁에도 병석의 아버지는 떨리는 손으로 시인 정지용 선생에 대한 찬사를 붓글씨로 썼는데, 그 유묵이 우리 집 벽에 걸려 있다. 필적 옆의 날짜를 혼동하여 쓰고 다시 고친 흔적이 당시 아버지의 몸 상태와 불굴의 의지를 함께 보여주는데, 나는 아버지에게서 '강한 정신'을 배웠다. 새해에도 우리 사회엔 어려운 과제가 많은데, 갈등과 혼돈의 경계선을 넘어 겨레가 함께 힘차게 미래로 달려갔으면 좋겠다. 나 또한 아버지에게 배운 대로 늘 노력하고, 세상에 도움이 되는 사람이 되고자 새해의 생각을 가다듬어 본다. 새해! 미래로

가는 문이 열렸다.

※ 이 글은 2019년 한국경제신문 한경에세이 필진으로 쓴 칼럼을 수정한 것입니다.

류영창
3기

왜 '건강 헛똑똑이들'이 많을까

"선무당이 사람 잡는다."라는 말이 있다. 어설픈 지식이 되레 화(禍)가 됨을 이르는 말이다. 건강에 관한 섣부른 지식은 특히 위험하다. 자칫 잘못된 앎으로 건강을 해칠 수 있기 때문이다. 여기저기 건강 관련 이야기들이 넘쳐나는 시대에는 건강 정보의 옥석 가리기가 더욱 필요하다.

생활 습관병이란?

암이나 뇌졸중, 심장병 등은 40~60세에 많이 나타나기 때문에 흔히 '성인병'으로 불렸었다. 1990년대에 들어와서 이러한 병에는 유전적·체질적 요인도 작용하지만, 생활습관이 상당히 큰 영향을 끼친다는 사실이 밝혀졌다. 또한, 중장년층뿐만 아니라 젊은이나 어린이에게서도 나타나는 것이 확인되면서 1997년 일본에서는 '생활 습관병'이란 새로운 명칭을 도입했다.

성인병이라는 용어의 개념에는 '나이 먹으면 병이 나도 어쩔 수 없다.'라는 생각이 깔린 반면, 생활 습관병이라는 용어에는 '생활습관을 개선하면 질병의 발생을 미리 예방할 수 있다.'라는 생각이 담겨 있다.

히포크라테스는 병을 고치는 기본 원칙을 다음과 같이 제시했다.

"음식물을 당신의 의사 또는 약으로 삼아라. 음식물로 고치지 못하는 병은 의사도 고치지 못한다. 병을 고치는 것은 환자의 자연치유력뿐이다."

요즘 우리나라 젊은이들을 보면 히포크라테스의 명언을 귓등으로 듣는 듯하다. 미국인들이 즐겨 먹는 패스트푸드(fast food)나 탄산음료를 마치 현대 문화의 상징인 양 생각한다. 건강에는 위험천만한 발상이다. 세계보건기구(WHO)가 인정한 장수지역이었던 일본 오키나와가 미군이 주둔하고 패스트푸드 점포 밀도가 일본 내 1위 지역에 되면서 장수지역에서 제외된 것은 우리에게 반면교사의 교훈이 된다.

'본태성 고혈압'이라는 용어의 함정

가장 흔한 생활 습관병 중 하나가 고혈압이다. 일본 의사 마츠모토 미츠마사의 말을 빌리면 고혈압은 질병(疾病)이 아니라 증상(症狀)이다. 몸 구석구석까지 혈액을 보내려 할 때 혈액이 탁하거나 혈관에 때가 끼어 가늘어지면 고혈압이 발생한다. 따라서 그렇게 된 원인을 제거하지 않고 약으로만 낮추려고 하면 근본 치료가 되지 않는다.

'본태성 고혈압'은 '일차성 고혈압'이라고도 하며, 장기(腸器)에 기능상 문제가 있어 발생하는 이차성 고혈압과 대비되는 개념이다. 고혈압 환자의 5~10%는 이차성 고혈압인데, 이 경우 문제가 되는 장기의 기능을 바로잡으면 혈압이 정상으로 돌아온다.

일반인들은 본태성 고혈압을 '유전(遺傳)' 또는 '집안 내력'이라고 생각한다. 부모가 고혈압이면 자식들이 고혈압이 될 확률이 높아서 그렇다.

한데 이 개념을 바로 잡아야 한다. 즉, 본태성 고혈압은 전체 고혈압 환자의 90~95%를 차지할 정도로 비중이 높지만, 이 또한 생활습관이나 성격과 연관성이 크기 때문에 '생활 습관병'으로 분류해야 한다.

약 위주 치료법의 문제들

약은 질병을 치료하는 핵심 수단이다. 하지만 약에만 의존하면 근본적 치료가 되지 않는 경우도 많다. 약의 오·남용(誤·濫用)은 자칫 건강을 해치기조차 한다. 강제로 혈압을 낮추면 혈액이 말초(末梢)에까지 원활하게 공급되지 못함으로써 저림 증상, 냉증(冷症), 정력 약화, 화(禍)가 생길 수 있다.

불면증을 유발하는 혈압약을 복용하여 잠을 잘 자지 못하면 교감(交感)신경 우위 상태가 되어 혈압 상승이 우려되고 뇌경색 위험도 커진다. 단기간 복용할 때는 문제가 나타나지 않으므로 고혈압 환자들은 혈압 하강 효과가 빠른 고혈압약을 선호하는 경향이 크다. 과거에는 뇌졸중 중 뇌출혈이 많았으나(약 80%), 혈압약이 보편화하고 나서부터는 뇌경색 발생 비율이 급증(약 80%)하는 등 역전(逆轉) 현상이 발생하였다.

혈당치가 높아지는 당뇨병은 그 자체뿐만 아니라 후유증이 더 큰 문제다. 혈액이 탁해지면 발기 부전을 초래하고 심혈관 질환을 유발한다. 또한, 치매 발병률을 높이며, 신경이 마비되어 발에 난 조그만 상처가 족부 괴사를 일으켜 다리를 절단하는 상황이 올 수도 있다. 망막변성을 일으켜 실명(失明)될 우려도 크다. 서울의대 교수가 우리나라 당뇨 환자 40% 정도에 처방하는 DPP4 억제제를 흰쥐에게 투여한 연구 결과는 무시무시하다(한국경제신문 2016년 7월 23일 자 보도). DDP4 억제제를 투여한 흰쥐의 망막변성 발생률이 투여하지 않은 쥐의 2배로 나타난 것이다. 이러한 결과는 당뇨약을 먹지 않으면 후유증으로 실명할 수 있다는 일반 병원의 말과 정반대로, 당뇨약을 복용함으로써 실명할 가능성이 되레 더 커진다는 의미이다. 따라서 최대한 식이요법으로 당뇨를 조절하는 것이 훨씬 좋은 방법이다. 식생활 개선, 꾸준한 운동, 마음 다스리기 등 자연요법의 실천이 중요하다.

　콜레스테롤과 LDL 수치를 낮추는 고지혈증약에도 문제가 많다. 콜레스테롤은 인체의 세포막과 호르몬을 생성하는 원료이므로, 채식만 하여도 인체(간)에서 만들어지는 필수 물질이다. LDL이 높은 것은 인체 내에 염증이 생겼기 때문이며, 고지혈증약으로 낮추는 것은 화재 발생 시 경보를 발령하는 화재경보기를 꺼 놓는 것과 같다. 고지혈증약은 간을 압박하여 콜레스테롤을 만들지 못하게 함으로써 우울증이나 무기력증을 일으킬 수 있고, 부작용이 심하면 횡문근 융해증이 발생할 수도 있다. 장기간 복용 시에는 간 기능이 나빠지므로 간 검사를 하여 약을 바꾸도록 조언도 하지만, 고지혈증약은 대부분 '스타틴 계열'의 약물로 비슷한 부작용을 나타낸다. 고지혈증약은 세포가 발전소 역할을 하는 데 도움을 주는 코큐텐(CoQ$_{10}$) 생성을 막아 뇌에 영양 부족을 일으킬 수 있다. 이러한 부작용들을 생각하면 피해야 할 음식을 섭취하지 않는 것이 최고의 고지혈증 조절법이다.

배가 더부룩할 때 '소화제'라고 쉽게 복용하는 위산 억제제도 부작용이 크다. 위산 억제제가 큰 병을 유발할 수 있음에도 국민들 대다수는 실상을 모르고, 의사들도 잘 알려주지 않는다. 위산 억제제는 크게 히스타민 수용체 길항제 약물(잔탁, 타가메트, 펩시드 등)과 프로톤펌프 억제제(멕시움, 프로라일로섹, 프로토닉스, 프레바시드, 아시펙스 등)로 구분된다. 시장 규모도 커서 조제판매와 OTC 판매의 총액이 연간 130억 달러에 달한다. 위산 억제제는 신체의 자연적인 소화 과정에 간섭해서 위장 기관 내에 큰 혼란을 일으킨다. 즉, 위(胃)의 산도(酸度)를 정상범위인 3.5 이상으로 높임으로써 위에 자극이 될 수 있는 단백질 소화에 관여하는 호르몬, 펩신의 활동을 효과적으로 억제한다. 산도의 상승은 증상을 완화하기도 하지만, 정상적인 신체작용을 현저하게 방해한다. 위산의 생성과 분비는 소화 과정뿐만 아니라 감염에 대한 방어 메커니즘에도 대단히 중요하다. 위장에서 염산이 충분히 분비되지 않으면 췌장은 소화효소 분비를 위한 신호를 받지 못한다.

이러한 결과로 헬리코박터 파일로리의 증식을 촉진하는데, 실험 쥐 연구 결과에 따르면 위산 억제제와 항생제가 함께 투여되었을 때 감염률이 75~85%에 이른다. 이는 항생제만 투여한 쥐가 보인 감염률의 3배에 해당한다. 또한, 항생제가 위산 억제 약물과 함께 처방되면서 위막성 장염의 위험이 크게 확대되는 현상도 나타난다. 실제로 넥시움 등의 사용이 보편화화면서 94년 10만 명에 한 명꼴이던 위막성 장염은 2004년 10만 명당 22명으로 급증했다. 아울러 프로톤펌프 억제제를 복용하는 사람들은 비복용자보다 3배의 장염 발병률을 보인다는 임상시험 결과가 미국의학협회저널에 게재되었다. 위산 억제제의 부작용이 얼마나 심각한지를 보여주는 수치들이다.

Ref. "50대 이후, 건강을 결정하는 7가지 습관" 프랭크 리프먼 등 지음, 더 퀘스트 刊

잘못 알고 먹으면 독(毒)이 되는 약

약을 잘못 먹으면 되레 독이 되기도 한다. 호미로 막으면 될 것을 가래로 막는 일도 생긴다. 약을 잘못 먹어 작은 질병을 큰 질병으로 만드는 사례는 많다.

일례로 주변에 흔한 역류성 식도염을 보자.

역류성 식도염으로 위산 억제제를 복용하면 위산의 약산(弱酸)화 → 단백질 분해기능 약화 → '얼치기 단백질' 발생 → 류머티즘 관절염 등 자가 면역질환 발생 → 스테로이드 복용 → 부작용에 따른 고혈압, 당뇨, 고지혈증, 우울증 등 발병으로 이어질 수 있다. 잘못된 약 복용의 부작용이 눈덩이처럼 커지는 사례다.

잘못된 정보로 인한 과도한 약 복용도 심각한 문제를 야기한다. 고지혈증약이 심장마비 환자의 사망률을 획기적으로 감소시켰다는 임상시험 결과가 없는데도 습관적으로 고지혈증약을 처방해 나타나는 부작용도 크다. 한 연구 결과에 따르면 65세 이상 노인 중 5종 이상의 약을 복용하는 비율은 한국 83%, 일본 36%, 영국 13%이다. 우리나라 사람들(의사, 환자 모두)이 얼마나 약을 좋아하는지 실증적으로 보여주는 수치다. 복수(複數)의 약 복용에 따른 부작용은 기하급수적으로 증가하고 있다. 약 시판 허가를 위한 임상시험을 할 때는 단일(單一) 약으로 하기에 2종류 이상이 되어 발생하는 복합 부작용에 대한 대처가 미흡하다. 의약계에서는 "3개 약 복용 시의 부작용은 신(神)의 영역"이라고까지 한다. 생활의 질이 낮아지고 건강수명이 짧아지는 건 대표적인 약의 부작용 폐해이다. 예를 들어 세포에서 작은 발전소의 촉매 역할을 하는 코큐텐(CoQ_{10})을 고지혈증약이 강탈(drug mugger)함으로 인하여 기운이 없고, 기억력이 떨어지고, 뇌 기능이 약화하는 부작용이 나타나면 삶의 질은 형편없이 낮아진다.

몸을 지키는 올바른 건강법

"생각이 말을 낳고, 말은 행동으로 나타나고, 행동을 계속하면 습관이 되고, 좋은 습관은 운명이 된다."

철의 여인으로 불렸던 영국 총리 마거릿 대처의 명언

이다.

"못 고치는 병은 없다. 못 고치는 습관이 있을 뿐이다."

이는 필자가 자주 가슴에 새기는 어느 한의사의 명언이다.

두 명언 모두 습관의 중요성을 설파한다. 좋은 습관은 질병을 예방하고 치료하는 '최고의 명약'이다. 뇌졸중은 누구에게, 언제 발생할지 모르는 병이다. 필자는 뇌졸중 발생 확률을 낮추기 위해 일본 의사 다카가와 겐지가 주창하는 '3배의 법칙'을 준수하려고 노력해왔다. 뇌졸중에 각각 3배의 영향을 미치는 고혈압, 당뇨, 고지혈증을 예방하고 흡연을 하지 않는 게 '3배의 법칙' 골자다. 또한, 필자는 나름의 'FEM 건강법'을 만들어 실천하고 있다. 음식 섭취(Food) 등 생활습관을 개선하고, 무리하지 않은 적당한 운동(Exercise)을 하고, Mind control(M)을 하는 것이 부작용 없이 혈압을 조절하고, 만병을 근본적으로 치유하는 최선책이라고 생각한다.

특히 "식생활에는 건강에 좋은 식품을 섭취하기보다는 건강에 나쁜 식품 섭취를 자제하는 것이 더욱 중요하다."라고 생각하고 이를 실천하고 있다.

콜레스테롤이 높은 식품(마요네즈, 고기 내장, 오징어, 낙지, 조개류, 새우 등), 트랜스지방이 많은 식품(마가린, 케이크, 슈크림, 팝콘, 닭이나 감자튀김, 재사용한 식용유로 조리한 음식 등), 포화지방이 많은 식품(소·돼지갈비, 삼겹살, 닭 껍질, 버터, 생크림, 아이스크림), 당분함량이 높은 식품(콜라 등 탄산음료, 샐러드드레싱, 사탕, 초콜 릿 등)은 피해야 할 대표적인 음식들이다.

왜 똑똑한 한국인이 서양의학을 주로 신봉할까?

퇴계 이황 선생은 병약했던 분이셨다. 하지만 스스로 공부하여 건강관리법을 만들고 실천함으로써 당시 평균수명이 40여 세임에도 불구하고 70세까지 사셨다. 또한, 후손들이 실천할 수 있도록 '활인심방'을 만들었다고 한다.

필자는 자연 건강 책 출간 후 10년 정도 본격적인 활동을 하였다. 의사들에게 맞아 죽을 각오로 쓴 첫 번째 책〈생활건강 사용설명서〉를 발간할 때는 '다국적 제약사로부터 테러를 당할 수도 있겠다.'라는 생각을 할 정도였다. 160여 회의 건강강연과 개인적인 만남을 통하여 서양의학 대증요법의 문제점을 설명하고 방송에도 출연했다. 그런 노력 덕분인지 '혈압약은 비타민처럼 평생 먹는 것이다.'와 같은 헛소리는 많이 줄었다. 각종 번역서와 유튜버들 덕분에 서양의학의 잘못된 점을 부각하는 내용이 부쩍 늘면서 테러당할 위험은 없어진 것 같다. 일본의 세계적인 면역학자 아보 토오루는 면역력을 약하게 만드는 서양의학의 치료법을 비판하는 책을 많이 발간하였다.

필자가 많은 사람과 대화하면서 느끼는 것은 '알 만한 사람들이 서양의학을 맹신(盲信)한다.'라는 것이다. 대한민국 국민의 위상이 높아진 것은 많은 사람이 체감하고 있을 것이다. 예를 들어, 대학진학률 70%는 세계 1위로,

일본의 60%보다 훨씬 높다. 스마트폰 보급률 역시 세계 1위다. 각종 지식이나 정보 습득력도 아주 뛰어나다. IQ는 전 세계 최고 수준으로 이스라엘보다 높다.

분별능력이 탁월한 한국인들이 서양의학의 약 위주 치료법을 따르는 원인과 이유를 나름 추정해 보았다.

첫째는 주인이 아닌 종의 자리(입장)에서 내 몸 건강을 고려하기 때문이 아닌가 싶다. 신체를 도구나 목적의 실행물로 생각하여 몸을 깔보는 습관이 내재해 있는 것이다. 예를 들면 아플 때는 빨리 고쳐 생업에 지장이 없게 할 수단으로 생각하여 약을 쓰는 것 같다.

둘째는 '빨리빨리' 문화와 대중 약물 복용이다. '빨리빨리' 문화가 대중 약물 남용 현상을 초래하는 문제가 여전히 남아있다. 예를 들어 잠이 안 오면 '수면제', 소화가 안 되면 '소화제', 대변이 안 나오면 '변비약', 설사하면 '지사제(止瀉劑)', 열이 나면 '해열제'를 복용하는 습관이 생활화되어 있는 것이다. 서양에서는 의사가 불가피하게 주사를 놓겠다고 하면 "Why?" 하며 이유를 캐묻는데, 우리나라 사람은 가벼운 감기조차 씨를 말리겠다며 강력하고 신속한 주사를 요구한다. 패스트푸드가 문제라는 것은 알지만, 입맛을 사로잡는 식품첨가물 및 식품회사의 상술(商術)과 광고 때문에 패스트푸드를 선호하게 된 것 같다. 또한, 패스트푸드의 해악을 조금이라도 상쇄해 줄 것으로 생각하여 채소 버거 등을 선호하는 것 같다. 눈 가리고 아옹 하는 격이다. (Ref. "내몸 경영" 박민수 지

음, 전나무숲 刊, pp 24-31)

셋째는 의사들의 교묘한 세뇌다. 의사들이 교육을 받을 때는 식품영양학 등과 같은 것을 필수적으로 배우지 않고 약 위주 처방 교육을 받는데, 그로 인하여 약을 공식처럼 처방하는 경향이 있다. 제약회사의 찬조를 받는 것도 일부 영향을 미치는 듯싶다. 아울러 약을 먹지 않을 때의 후과(後果)를 강조하는 등 공포 마케팅(?)도 일조하는 것 같다. 혈압이 정상 수치를 유지하고 있음에도 고혈압약을 계속 투여하고, "오래 살려면 혈압약을 먹어라."라고 권유한다. 고지혈증약을 처방하면서 "이 세상에 이렇게 착한 약이 없다."라고 하는 것도 공포 마케팅(?)의 사례다.

넷째는 부화뇌동이다. 남들도 먹으니 별생각 없이 따라 먹는 것이다. 서양의학의 약들은 근본적인 치료를 하지 않고, 증상(혈압, 혈당, 콜레스테롤 등)을 막아주는 역할을 한다. 이를 알 만한 사람들이 다른 사안은 강하게 비판하다가도 의사의 말 한마디에는 바로 복종하는 경향이 있다.

다섯째는 인지 부조화 및 자기 합리화다. 현실이 우리가 믿거나 원하는 바와 달라서 마음이 불편해지는 상태가 인지 부조화다. 인지 부조화 상태에서 우리는 우리가 믿거나 원하는 것이 사실은 우리가 믿거나 원하는 것이 아니었다고 자기 합리화를 한다. 이솝 우화의 '여우와 신 포도'가 바로 그 이야기이다. 여우는 포도를 먹고 싶어 했지만, 포도가 너무 높은 곳에 매달려 있어서 그 포도를 먹을 수 없게 되자 "그 포도는 실 거야."라고 하면서 돌아간다.

이처럼 다양한 요인들로 인해 대다수 사람이 자연치유를 멀리하고 서양의학을 신봉하는 것이 아닌가 생각해 본다.

박창언
6기

칠순여행

출발! 인생 70, 고희 여행이다.

고희(古稀)는 "사람이 70까지 살기란 예부터 드문 일이다."란 뜻으로, 당나라 두보의 시 '人生七十古來稀'라는 글귀에 나오는 말이다.

62년도에 초등학교 시절 처음 만난 죽마고우들과 62년이 흐른 뒤 처음으로 숙박을 하는 단체여행이다. 집을 나서 광교산 자락을 넘는 지름길로 죽전 간이정류장에 7시 30분에 도착했다. 시간 맞춰 여행사 버스에 오르니 활짝 웃는 친구들의 얼굴에 생동감이 넘친다. 홍천·의정부·일산·안산 등 수도권 곳곳에서 새벽 3시, 4시부터 서둘러 온 들뜬 모습에서 어릴 적 봄 소풍 때의 추억과 향기가 배어난다.

어제 내린 비로 5월의 산야가 짙푸르다. 차창 밖에 스쳐 지나가는 여러 수목과 논밭의 풍경이 정겹기만 하고, 주변의 경관은 영화 속 필름처럼 이어지고 펼쳐진다. 초파일에 올린 친구들의 불공 덕분인지 이렇게 맑은 날이 또 있을까! 위대한 대자연이 온통 은빛으로 빛나며 끝자락의 봄기운을 흠뻑 발산하고 있다. 출발과 함께 성공적인 여행을 바라는 모임 회장의 진솔한 인사 말씀은 덕장의 리더십을 풍긴다.

오산 휴게소에서 잠시 숨을 고른 뒤, 9시 조금 지나 본격적인 여행 모드로 들어간다. 하나둘 소주잔을 건네는 친구들의 모습이 아직은 청춘이다. 가이드는 잠시도 쉬지 않고 주전부리들을 나르는 한편, 여행안내와 여행사 홍보에 열심이다. 처음 대하는 광경인지라 약간은 낯설게 느껴지면서도 착한 마음씨를 가진 것 같아 친근감을 준다.

대전에서 종숙 친구가 버스에 오르고, 칠곡 정류장에서 삼척에 사는 상태 친구가 오르니 드디어 풀 멤버 25명이다. 모두가 격의 없고 서로 허물을 덮어주는, 오랜 뚝배기 된장 맛 같은 친구들이다.

금수강산 대한민국이 서울에서 부산까지 너무도 아름답다. 차창 밖을 바라보는 시선이 오랜만에 호강을 누린다. 청도를 지나면서 가이드의 입담과 권유로 모두 회장과 총무의 소주잔을 한 잔씩 받아 마신다. 여기저기서 터져 나오는 친구들의 흥겨운 추임새에 웃음꽃이 핀다. 신기하게도 서울-부산이 조금도 멀지 않고, 전혀 지루하지도 않은 느낌이다. 버스는 낙동강 하구를 거쳐 부산 자갈치 시장으로 향한다.

부산은 가마솥 부(釜)에 뫼 산(山) 자로, 가마솥처럼 생긴 도시란다. 남포동 자갈치 시장은 신혼여행 때 들렀던 곳인데 41년 만에 다시 찾아오니 기분이 새롭다. 좁은 길을 곡예 운전한 끝에 시장 내 식당에 도착하니 13시이다.

시장이 반찬이라 볼락, 가자미, 갈치, 고등어가 나오는 싱싱한 생선구이에 꼬시래기 무침, 어묵 반찬으로 밥 한 그릇을 뚝딱 비웠다.

남해안 강풍 예보 탓인지 바람이 제법 세다. 자갈치 시장 구석구석은 언제나처럼 빈틈없이 활기가 넘친다. 주중이라 방문객이 많지는 않지만 옹기종기 모여 있는 가게들과 널브러진 수산물들이 시선을 사로잡는다. 〈국제시장〉 영화를 떠올려 보기도 하면서 후딱 시장을 한 바퀴 둘러본다.

송도로 이동하여 송도 해상 케이블카에 탑승하는 오후 일정이다. 친구들이 케이블카 탑승장 앞에 놓여있는 막대 사탕을 하나씩 빨며 입장을 기다린다. 어린애처럼 상기되고 설레는 모습들이 천진난만하게 보인다. 케이블카에 8명이 한 조가 되어 차례대로 탑승한다. 와우~! 길이 1.6Km, 86m 상공의 케이블카 안에서 신나게 떠들며, 멀리 내려다보이는 송도 바다와 해안가 절벽의 아름다움은 살짝 긴장되면서도 경이로웠다. 케이블카에서 내려 주변 공원을 둘러본다. 바람 탓에 용궁 구름다리는 먼발치서 바라만 보았다.

방파제 위에 줄지어 선 낚시꾼들의 여유로운 모습을 뒤로하고, 영도다리를 건너 태종대로 이동한다. 항구를 앞에 두고 입항을 기다리는 화물선들이 수를 헤아리기 어려울 정도로 많이 떠 있는 것을 보니, 지구촌 경제는 잘 돌아가고 있는 모양이다.

태종대에서 다누비 순환 열차를 타고 태종대 전망대에 들렀다. 가슴이 확 트이는 통유리로 된 전망대 창을 따라 늘어선 의자에 앉아 창밖 드넓은 바다를 바라보는 맛이 쏠쏠하다. 부서지는 파도와 재잘거리는 연인들의 뒷모습이 망중한과 오버랩된다. 서둘러 사진 한 컷을 찍고 다시 순환 열차에 올라 영도등대-태종사 코스로 한 바퀴 빠르게 돌았다.

  석식 장소로 이동 중에 용태 친구의 선창으로 30분간 잠깐 노래방 시간을 갖는다. 도심 내 버스 안에서 노래를 부르기에는 쭈뼛쭈뼛한 분위기였지만, 종숙 친구의 〈찔레꽃〉 한 곡에 친구들의 들썩이는 어깨너머로 찔레꽃 향기가 스며온다. 종식 친구의 〈동동구루무〉를 들으니 곡 그대로 구루무 콕 찍어 가끔 내 얼굴에도 발라주고 아껴 쓰시던 어머니 생각이 난다.

  부산의 석양은 더없이 길고 아름다운 그림자를 드리우며 뽐내고 있다. 퇴근길 시민들도 바쁜 걸음을 옮긴다. 항구도시의 평화로운 모습이다. 저녁 식사는 삼정횟집에서 바닷가 생선회로 푸짐하게 차려졌다. 깔끔하고 정갈한 음식에 친절한 서빙이 더해져 평점 A를 주고 싶다.

  1일 차 일정을 마치고 부산 레이어스 호텔에 짐을 풀었다. 숙소에 머물기엔 너무 이른 시간인지 뭔가 휑한 느낌이 난다. 숙소 밖으로 나와 여기저기 둘러보니 삼삼오오 모인 친구들이 호텔 로비, 호프집, 대구탕집 등으로 흩어져 부산의 밤공기를 즐기며 나름의 회포를 풀고 있다. 21시쯤 호텔 로비로 어린 학생들이 우르르 몰려 들어온다.

홍콩에서 수학여행 온 5학년생들이란다. 조용하고 예의 바르게 행동하는 것이 인상적이었다. 이렇게 부산에서의 하루가 산뜻하게 마무리되고 있다.

여행 2일 차는 충무·고성 일정이다.

이른 시간에 호텔 25층 식당에서 여유로운 식사를 했다. 잘 갖춰진 뷔페식 메뉴에 정갈한 분위기가 수준급이다. 관광객이 많은 국제도시답게 잘 관리되고 있는 느낌이다. 혼자 먹고 있는 가이드가 눈에 띄어 자리에 가 합석을 했다. 62년도에 만난 친구들과 62년 만의 단체여행이라고 했더니, 가이드가 자기도 62년생이라며 맞장구를 친다.

세상은 이렇게 만나고 부딪치면서 서로의 마음을 열게 되고, 시간이 지나면서 인연이 되고, 그러한 인연들이 연결되어 삶의 울타리를 만들어가는 것 같다. 식당에서 멀리 창밖에 보이는 강이 낙동강 하류이다. 강물이 왼쪽 하류로 흘러 바다에서 만나고, 건너편이 철새도래지 을숙도(乙淑島)이다. 상기 친구는 아침 조깅을 하며 을숙도를 다녀왔다니 흉내 내기 어려운 부지런함이다.

8시 정각에 가덕도를 거쳐 거제, 고성으로 출발한다.

바다 저 멀리 우측에 저도가 있고 진해항이 있단다. 거제시로 접속되는 거가대교는 총길이 3.5Km인 두 개의 사장교와 수심 48m에 3.7Km 길이인 해저터널, 1Km의 육상터널로 이루어진 총길이 8.2Km로, 주변 경관의 위용이 탄성을 자아내게 한다. 특히 버스가 바닷속 해저터널로 진입하면서 조금은 색다른 느낌을 주는 가덕해저터널은 육상에서 제작한 구조물을 바다에 가라앉혀 만드는 침매터널형식이다. 건설 당시 세계에서 가장 수심이 깊고 최장인 자동차 전용 도로로, 우리의 건설기술을 자랑한다.

거제도에는 김영삼 대통령 생가가 있는데, 나는 82년도에 삼성중공업 거제조선소를 방문한 적이 있다. 지금은 곳곳이 접속도로로 이어지고 주변이 개발되어, 말 그대로 뽕나무밭이 변하여 푸른 바다가 된다는 상전벽해가 된 것 같다. 지나는 길에 자그마한 사곡해수욕장과 조선소의 육중한 해상 크레인이 보인다. 조금 더 지나자 광활한 굴 양식장도 보인다.

갑자기 가이드의 입담이 웃음을 자아낸다. 전복을 고를 때 맛있는 것은 무조건 큰놈을 골라야 하고, 암수구별 방법은 수족관 밑에 깔린 게 암놈이고 위에 있는 게 수놈이란다.

1시간 30분을 달려 통영에 도착한다.

통영대교 좌측이 100대 명산인 해발 461m 미륵산이고, 케이블카가 운행되고 있다 한다. 통영은 처음 방문인데, 인구 12만의 꽤 큰 도시이다. 다시 교량을 건너 미륵도의 달아항 선착장에 도착했다.

이곳에서 승선시간 12분 정도의 여객선을 타고 연대도로 향한다. 항로 좌측으로 한산도가 보이고, 바로 이 바다 위에서 한산대첩이 있었단다. 우측으로는 가두리 양식장이 손이 잡힐 듯 가까이 보인다.

옛날에 봉수대가 있었다고 하는 연대도 선착장에 도착하여 꼬불꼬불 오르막 골목길을 따라 오른다. 길가의 작고 허름한 가옥들을 보니 50년을 거슬러 올라가 어릴 적 고향이 떠올라 더욱 정감이 간다. 언덕길에 올라서니 한편에 양귀비꽃이 넓게 피어 꽃 마당을 이루고 있다. 언덕 바로 아래 계단을 따라 내려가면 자그마한 해수욕장이 있다. 해변에 작은 돌들이 가득하여 몽돌해수욕장으로 불린다는데, 인적도 드물고 에코 아일랜드답게 무공해 느낌이다.

동백나무숲을 지나 해안을 따라 설치된 나무 데크 위로 10분쯤 걸어가니 현수교 타입의 짧은 출렁다리가 나온다. 바람이 강해 흔들거리는 다리 위에서 사진을 찍으니 약간은 무섭게도 느껴진다.

출렁다리를 건너면 만지도이다. 주변의 다른 섬보다 주민이 늦게 정착하여 만지도(晩地島)라는 이름이 붙여졌다는 마을 안내도가 보인다. 만지도 전복을 전국에 택배한다는 광고도 눈에 띈다. 자그마한 섬인데도 가게들이 제법 많다. 동서로 1.3Km 정도로, 주변을 일주하며 해안 풍광을 즐기기에 적당한 곳이다.

앞서가는 일행을 따르려 빠르게 사진 한 컷 찍고, 다시 출렁다리를 건너 연대도로 넘어왔다. 돌아갈 배를 잠시 기다리며 해삼·멍게로 바다의 맛과 향을 즐긴다. 바로 이 맛! 이 또한 여행의 꿀맛이다.

배를 타고 나오는 길에 앞으로도 내 배만 타야 한다는 느릿하고 입담 좋은 진영호 선장의 우스갯소리에 모두가 즐거운 여행의 맛과 동질감을 느낀다. 마치 인생 별거 없다는 모습을 보여주는 바다 신사 같다. 시간 관계상 충무 시내는 돌아보지 못하고 12시에 고성으로 출발한다.

차 안에 나지막이 〈목화밭〉 노랫소리가 흐른다. 그 옛날 목화밭 그곳에서 밤하늘에 별을 보며 사랑을 약속하던 곳, 그 옛날 목화밭, 목화밭. 약간 피곤하던 차에 경쾌한 리듬에 취해 문득 가슴 한편에 그리움과 향수가 번진다. 고성에서의 늦은 점심은 오랜만에(?) 맛깔스레 차린 한식이다. 연대도에서 해삼 먹을 때 마신 전주가 있어서인지 이번 여행 들어 처음으로 무음주 식사였다.

식사를 마치고 바로 고성 그레이스 정원으로 이동한다.

이동 중에 보이는 차창 밖 작은 들녘엔 보리와 마늘 수확이 한창이고, 모심기도 군데군데 많이 이루어진 것 같다. 어촌과 농촌이 어우러지는 해안가 모습을 보여주고 있다. 그레이스 정원은 20년간 가꿔온 것을 일반인에게 공개한 지 5년 차라는데, 산속에 조성되어 길이 가파른 편이다. 분수대와 교회, 산속 도서관도 있다. 아기자기한 맛보다는 주로 수목 중심으로 되어있고, 규모가 꽤 큰 산속공원처럼 느껴진다. 정원의 주제를 정하고 가꾸어 나가면 고성의 명소가 될 것 같다.

이어서 고성 공룡테마파크로 숨 가쁘게 이동한다.

그레이스 정원에서 출발하면서 종숙 친구가 대전에서

들고 온 귀한 와인 2병을 오픈한다. 버스 안에서의 와인이라니 색다른 기분이다. 묵직한 목 넘김에 고급스러운 잔향이 친구들의 입을 호사스럽게 만든다.

공룡테마파크 안에 있는 상족암 공룡길은 신비로운 감이 들었다. 2억5천만 년 전부터 1억6천만 년 동안 지구를 지배했다는 공룡. 그들의 서식지 중 하나로 알려진 고성 해안가에 공룡 발자국이 퇴적되어 화석으로 남아있는 곳이다. 이곳 공룡길은 해안 길 6Km에 걸쳐 발견되고 있는 공룡 발자국 화석의 보존성이 세계적인 것으로 꼽히고 있고, 세계 3대 공룡 유적지 중 하나이다.

공룡길 목재 데크를 따라 한참을 걸어 들어가니 상족암이 나온다. 상족암은 바위굴이 뚫려 있는 것이 밥상 다리 모양 같다 하여 상족 또는 쌍족이라 불린다는데, 상족암에 부딪히는 강한 파도와 어울려 절경을 연출한다. 상족암 앞에서 부서지는 파도를 피하고 맞으며, 좁은 바위 공간에 기대어 스릴 있는 사진 촬영에 모두 기분이 업된다.

상족암 공룡길 일대는 공룡 발자국 못지않게 해안가를 따라 널브러진 듯 펼쳐있는 주상절리(마그마가 바닷물에 급속 냉각되며 형성된 돌기둥 모양) 병풍바위와 함께 사암 퇴적암들이 해변을 이룬다. 부서지는 파도에 어울린 풍광이 그야말로 예술이었다. 거친 파도에도 띄엄띄엄 보이는 강태공의 모습이 남의 세계처럼 이채롭게 느껴진다. 이곳은 이번 여행의 백미로 꼽을 만했고, 평점은 엄지

척이다. 몇몇 친구들은 공룡전시관을 들렀으나, 나는 다소 지친 탓에 그냥 통과한다.

저녁 시간을 위해 삼천포항으로 이동한다.

숙소인 삼천포에서 오리 불고기로 저녁 식사를 했다. 채소를 섞은 푸짐한 양이 사천의 넉넉한 인심을 보여준다. 식사 후 잠시 휴식하고는 뒤풀이 시간을 가진다. 2시간 동안 여흥을 즐겼는데 70년 동안 묻어두었던 보물을 발견한 듯한 기분이 들 정도로 모두가 몰입하여 숨겨진 재능과 끼를 발휘한다. 흙 속의 진주가 여러 명 있었다. 댄싱 퀸은 박순옥, 음향에는 서근수, 조달 반장은 임영수 친구……. 각본 없는 천마 14회의 삼천포 무대였다. 오늘 밤은 모두가 스타이고 Winner이다. 짝짝짝~

다소 늦은 시간이지만 종식 친구가 여기까지 와서 그냥 갈 수 없다고 몇몇 친구들과 어울려 꼼장어 구이집을 찾아 나선다. 삼천포는 83년도에 삼천포~고성 간 도로현장 공사 시 방문한 적이 있어 친근감이 든다. 지금은 정비된 주변 해변과 삼천포항의 야경이 잘 어울려 변모된 모습을 보여준다. 마침 산꼼장어 전문가게가 눈에 들어왔다. 산꼼장어 소금구이 3~4인분 한판이 8만 원, 추가 시 4만 원이다. 만만치 않은 가격이지만 참기름에 찍어 먹으니 참새구이처럼 고소한 맛이 일품이다. 이렇게 시원한 삼천포항의 밤바람을 맞으며 소박한 우정을 다져간다.

숙소에 돌아와 자리에 누우니 어릴 적 시골 생활이 아

른거린다.

내 고향은 삼백의 고장 상주 사벌이다. 소백산맥 남동부 천마산 자락에 있는 초등학교에 다녔고, 모임 이름도 천마 14회로 정했다.

주변의 동네 이름이 고주골·용수막·서당골·막실 등으로 불리듯 20가구도 채 안 되는 촌락들이 여기저기 마을을 이루고 있었다. 보릿고개 세대인 만큼 호롱불·디딜방아·절구·도리깨질·빨래터·우물·모깃불·소꼴·두엄·굼불 등 문명의 이기와는 거리가 먼 단어들에 익숙하다.

초등학교 수업은 오전반·오후반 2부제였고, 겨울에는 솔방울을 따서 난롯불을 지피기도 했다. 어쩌다 학교에 옥수수죽이나 우윳가루가 나오는 날은 신이 나서 난리가 난다. 칫솔·치약이 없어 신체검사 하는 날은 소금이나 모래로 이를 닦기도 했다.

닭 한 마리 잡으면 닭죽을 끓여 열 식구가 2~3일은 거뜬히 보신했고, 길에 떨어진 돈을 줍지 않는 이상 용돈이라곤 없었으니 군것질은 칡뿌리·망개열매·오디·모과·올미뿌리 등으로 대체하던 시절이었다.

등록금이 없어 중학교 진학을 못 한 많은 친구가 어린 마음에 상처를 담은 세대이다. 그때 그 친구들이 모여 칠순 여행을 하고 있으니 격세지감에 바람 같은 세월이다. 다들 참 열심히 살아왔다.

여행 3일 차, 아름다운 남해 일정이다.

오전 중에 보리암·원예예술촌·독일마을·남해전망대를 소화하는 바쁜 일정이다. 이른 아침 산호식당에서 북엇국 한 그릇 비우고 출발한다. 이동 중간에 특산물 센터에 들러 번개 쇼핑을 한다. 너도나도 한두 가지씩 물건을 고르고, 나도 삼천포 죽방멸치가 유명하다 하여 한 상자를 샀다.

삼천포 대교를 건너가는데 바다에 떠 있는 하얀 낚시 펜션이 앙증맞고 이채롭게 보인다. 남해는 유자·고사리 등이 지역 특산품으로 알려져 있다. 이동 중에 보이는 남해는 한려해상국립공원답게 사방팔방이 파노라마처럼 길게 이어진 섬들이 군데군데 보이고, 빛에 반사된 바닷가 풍경이 아침 안개 같은 부드러운 앙상블 을 이룬다.

일정이 조정되어 남해 금산(錦山)의 보리암을 찾는 호사를 누린다.

금산은 온 산을 비단으로 두른다는 뜻으로, 산 정상까지는 해발 705m이다. 왕복 3,400원인 28인승 마을버스를 타고 꽤 높은 굴곡진 길을 따라 한참을 올라가니 주차장이다. 버스에서 내려 도보로 숨 가쁘게 오르는데, 공기도 맑고 주변 경관이 좋아 조금도 피곤하지 않고 상쾌한 기분이다. 토요일 이른 시간임에도 많은 사람의 방문이 이어지고 있는 것을 보니 유명세가 대단한 것 같다. 과거에는 아래서부터 보리암까지 걸어서 올라갔다고 하니, 버스로 올라온 우리는 호강이고 복도 많다.

부처님 은혜를 입어서일까, 공양 덕분일까? 기암괴석

과 동화된 듯 잘 어울린 사찰과 먼발치로 굽어내려다 보이는 남해가 신선지경처럼 보인다. 보리암은 원효대사가 수도한 곳으로 관세음보살을 모신 사찰이다. 금산과 보리암은 깎아지른 절벽을 배경으로 인생 컷을 남기기에 부족하지 않은 핫 스폿으로 남해의 작은 금강산이다.

보리암 방문은 오래 남을 값진 추억이 될 것 같다. 짧은 시간 방문에 아쉬움을 뒤로하고 하산길에 오른다. 10시도 안 됐는데 한바탕 등산에 벌써 허기가 진다. 때마침 영자 친구가 구해온 천하일미 쑥떡으로 허기를 달랜다. 여행은 잠든 몸의 기능도 깨우는가 보다. 그래! 여행은 보약이다. 온몸에 힘이 솟는다.

차는 다시 남해 원예예술촌으로 향한다.

가는 길에 군데군데 시멘트 콘크리트로 만들어진 논둑들이 보인다. 시골서 자란 친구들이지만 생소한 광경에 호기심 어린 눈빛으로 바라본다. 일손이 줄어들고 기계화가 되어가니 논둑도 바뀌어 가나 보다.

독일마을 바로 위에 있는 원예예술촌은 2005년도에 맹호림 씨가 5만 평의 부지를 확보하면서 시작된 곳이란다. 손바닥 정원이란 모임의 회원들이 각자 좋아하는 세계 곳곳의 정원을 본떠서 이곳을 꾸미고 거주할 집들도 지은 곳이다. 프랑스·일본·핀란드·노르웨이·영국·이탈리아·미국·스페인·한국·네덜란드 등 16개국의 정원을 20곳 이상 꾸미고 관리하고 있다는데 서재심 해설사의 안내로 편하게 둘러 본다.

투어 중간에 맹호림 선생을 만나 함께 단체 사진을 찍으니 기분 좋은 날이다. 투어가 끝나갈 무렵 따가운 햇볕을 피해 잠시 그늘에 둘러앉아서 해설사의 〈치자꽃〉 시조 낭송을 들으며 격조 높은 낭만을 느낀다. 62세인 서 해설사는 한국 문인에 등재된 시인이자 관광 해설사로 이순신 장군 강의도 하시는 분이란다. 건강하게 사시는 모습이 보기에도 좋았다.

정원 관람 후 바로 위에 있는 파독 전시관에 들러 청춘을 불사르신 파독 광부와 간호사들의 아픈 흔적들을 둘러본다. 지금은 역사가 된 당시의 기록과 여러 소품이 보관되어 있어 그나마 다행이지만, 하루하루가 힘들었을 우리 형님 누님들의 고통과 아픔, 외로움을 어찌 상상이나 할 수 있을까 하는 상념에 젖어본다. 그분들 중 일부가 귀국하여 정착한 곳이 산 중턱 아래에 지어진 독일마을이다. 독일마을은 시간 관계상 들르지 않고, 빠르게 눈으로만 스캐닝하고 사진에 담았다.

여행 최종 목적지 남해 보물섬 전망대로 향한다.

지나는 길 해안가에 천연기념물로 지정된 방조어부림이 보인다. 이곳의 지명이 물건리인데, 태풍으로부터 마을을 보호하기 위해 350여 년 전에 조성된 방풍림이다. 우람한 2,000여 그루의 나무와 숲길이 힐링하기에 좋은 명소라는데 시간 관계상 가까이 보지 못하고 다음을 기약한다.

전망대에 도착하여 목재 데크 계단을 따라 내려가니

바다에 가까이 갈수록 형언할 수 없는 풍경이 펼쳐 보인다. 역광에 비친 남해와 지척의 섬들이 어머니 품처럼 다가온다. 누구나 좋아하는 고향에 온 느낌이다. 값으로 매길 수 없는 아름다운 남해는 나무 하나, 풀 한 포기에 이르기까지 보물이고, 그래서 보물섬이다! 다음번에는 전망대 카페에 들러 차 한 잔의 여유를 즐겨야겠다고 생각하면서 다시 삼천포로 향한다.

시내로 들어오는 길 교량 우측으로 멀리 은백색의 삼천포 화력 발전소가 햇살에 눈부시다. 삼천포에서 점심으로 육회비빔밥을 마파람에 게 눈 감추듯 비운다. 친구들의 행동이 빨라지고 말수가 적어지는 걸 보니 여행이 끝나가는 모양이다.

사천IC에서 남해고속도로를 거쳐 대전~통영 간 고속도로를 통해 귀경길에 오른다. 금강휴게소에서 잠깐 휴식하고, 대전에서 상태·종숙·찬식 친구가 내린다. 이제 아쉬운 헤어짐의 시간이다. KTX처럼 빠르게 3시간 30분 만에 죽전 정류장에 도착하여 운기·경호 친구와 함께 내린다.

2박 3일 58시간 동안 43,000보 정도를 걸었다. 대략 13곳의 관광 포인트를 폭풍처럼 둘러본 만화 같은 여행이었다.

문득 느낀다. 여행은 눈으로만 보는 것이 아니구나! 어디를 가든 누구와 함께하고, 어떤 사연을 담고, 어떻게 느끼는가가 진정한 맛이다. 송도·통영·거제·남해에 이르기까지 방문했던 곳곳들이 로렐라이 언덕이나 인어공주 상처럼 설령 절경은 아니었더라도 우리에게는 우리만의 이야기로 남고, 전설 같은 추억이 되어갈 것이다.

거짓말 같은 날씨에 너무너무 좋은 소꿉친구들과 만들어 낸 칠순 여행. 늘 그러했듯이 이번에도 우리 모두 챔피언이다.

광교산 자락을 넘어 집에 돌아오는데, 여행의 재미에 푹 빠져 마치 세상과 완전히 단절된 갈라파고스에 다녀온 느낌이다. 갑자기 피로가 엄습하며 넋을 놓는다. 다시 일상으로 돌아갈 시간이다.

석양이 드리운 5월의 하늘이 오늘따라 눈부시다.

"내일은 내일의 태양이 뜬다."라는 스칼렛의 강한 독백이 들려온다.

어느덧 칠순 여행! 강산이 일곱 번 바뀌었다. 삶의 방정식을 바꾸어 가야 할 나이다. 대나무가 강한 것은 매듭이 있기 때문이다. 칠순 인생 1막을 매듭짓고, 건강한 인생 2막으로 떠나자. 이야기가 있는 여행 같은 삶을 만들어가자. 내일은 어떤 태양이 뜰까? 기대되고 설렌다.

우정 만 리 우리 친구들! 팔순 여행 때는 더 멋지게 만나자.

성낙준
4기

험난한 발명가의 길

발명은 이전에 없던 새로운 물건을 만드는 것을 의미한다. 엄밀히 말하면 하늘 아래 온전히 새로운 것은 없다. 모든 발명품은 지구상에 이미 존재하는 물질을 재구성해 새롭게 탄생시킨 것이다. 지금까지 사용하지 않던 것을 재료로 사용하고 구성이나 성분, 비율을 재조정해 이전에 보지 못한 것을 만든 것이 바로 발명품이다.

오펜하이머가 원자탄을 개발했다지만, 이 또한 이미 자연상태에서 존재하는 물질을 재배치하거나 합성해 가공할 폭발력의 무기를 만든 것이지 전적으로 새로운 것을 발명했다고 할 수 없을 것이다. 이런 면에서 진정한 의미의 발명품은 온전히 이질적인 것이 아니라 '이미 존재하는 물질이나 물건을 가공해 새롭게 창조한 것'쯤으로 해석해도 무리는 없을 것이다. 또한, 발명품은 쓰임이 있어야만 그 가치가 발휘된다. 발명품이라는 이름을 달고 세상에 나왔다가 세월이란 지우개로 스르르 지워져 흔적조차 찾기 어려운 것들도 무수하다.

친구들과 함께 히말라야산맥의 최고봉 중 하나인 안나푸르나를 올랐다. 히말라야는 산스크리트어로 눈이라는 뜻의 '히마'와 거주라는 뜻의 '아라야'가 합성된 말로, '눈이 사는 곳'이라는 뜻이다. 이름 그대로 눈 덮인 히말라야산맥은 장엄 그 자체였다. 안나푸르나는 '수확의 여신'이라는 의미로, 히말라야산맥 중앙에 우뚝 솟아있으며 세계에서 열 번째로 높은 해발 8,091미터의 만년 설산이다.

비록 정상까지는 오르지 못하고 전망대까지만 갔다 온 산행이었지만 평생 한 번은 꼭 가보고 싶었던 히말라야 등반이었다. 만년설을 머리에 이고 세상을 내려다보는 준봉들을 마주하니 무언가 안으로 깨달음이 들어오고 숙연해지는 마음마저 들었다. 이런 열악한 환경에 살아가고 있는 사람들을 보면서 더 열심히 살아야겠다는 다짐도 했다. 6일간의 등정을 마칠 즈음에는 새록새록 감회가 새로웠다. 마치 발명가가 오랜 인고 끝에 새로운 무언가를 만들어 낸 것처럼.

네팔은 히말라야산맥 가운데 있는 내륙국가이다. 농산물에 의존하고 있으나, 산지로 이루어진 국토 특성상 생산성이 매우 낮다고 한다. 몽골의 드넓은 평원에선 한 사람이 100마리~200마리의 양 떼를 몰고 다니는데, 이곳에서는 고작 3, 4마리의 양을 몰고 산비탈에서 풀을 먹이고 있었다. 경사가 가파른 산비탈에서 풀을 뜯어 먹다가 수시로 미끄러지는 양들도 눈에 띄었다. 사람도 양들도 산골 생활이 순탄해 보이지 않았다. 농사일보다는 등산객이나 트레킹족들을 상대로 하는 관광업으로 살아가는 사람들이 많다고 했다. 지구상 8,000미터 이상 고봉 중 8개 봉우리가 네팔에 있다고 한다. 사람이나 가축이나 자연환경이 좋은 곳에서 태어나는 것은 큰 축복이다.

안나푸르나 등정 기념으로 동행한 친구들과 회식을 했다. 서로 고산 등정을 축하하며 마신 술자리가 길어져 술이 과했던 모양이다. 새벽에 잠이 덜 깬 상태에서 갈증이 심해 물을 마시려고 머리 침대에서 손을 뻗어 페트병을 잡았는데 꼭지가 가히 천하명품이었다.

'아니, 제조업과 거리가 한창 멀다고 생각한 나라에서 이런 훌륭한 물건을 만들어 내다니……'

시중에 유통되는 보통의 페트병 꼭지는 병 몸통에서 입구 쪽으로 오목해지면서 90도 각도로 하늘을 보고 똑바로 세워져 있다. 그런데 방금 마신 페트병 꼭지는 몸통에서 45도 각도로 비스듬하게 누워 있었다. 보통의 페트병으로 물을 마시려면 물병을 들어 고개를 젖힌 후 얼굴 위에서 물을 부어야만 한다. 뉴턴(Sir Issac Newton)이 발견한 만유인력 법칙에 따라 물의 자유 낙하를 염두에 둔, 단순한 물리학적 성질을 이용한 구조다. 그런데 방금 잡은 페트병은 누운 상태에서 조금만 병을 들어 올려도 쉽게 물을 마실 수 있는 인체공학적인 구조로 만들어진 것이다.

너무 신기해 페트병에 남아있는 물이 없어질 때까지 다 마셔 보았다. 그 편리함에 놀랄 따름이다. 곰곰 생각해 보니 물을 마실 때만 편리한 것이 아니다. 정수기 물이나 수돗물을 담으려고 하면 곧추선 페트병의 꼭지 때문에 물병의 키가 높아져 병 가득 물을 채울 수 없는 경우가 많다. 그러나 45도 각도로 굽은 페트병 꼭지는 물병의 길이를 짧게 해준다. 정수기 높이가 낮더라도 쉽게 한 병 가득 물을 채울 수 있다는 얘기다. 또 정수기 높이를 낮출 수 있으므로 생산단가가 줄어들어 경제적이고, 배낭이나 가방에 넣어 다니기도 편하다. 페트병 꼭지가 굽었다 해도 물병에 담기는 물의 양에는 차이가 없을 것이고……. 사람은 대부분 물병 꼭지까지 물을 가득 채우지도 않는다.

이런 훌륭한 물건을 생산해 낸 네팔의 페트병회사는 이 발명품으로 세계 시장을 석권할 수 있을 것이다. 세상에서 사용되는 페트병 숫자를 계산하다가 엄두가 안 나서 포기하고 날이 밝기만을 기다렸다. 아침 일찍 페트병 생산업체에 연락해서 우리나라는 물론 전 세계 시장을 석권할 수 있는 구체적인 사업제안을 해보려는 생각에 마음이 설렜다. 생각이 생각을 만들고 아이디어들이 뒤섞이면서 다시 잠자리에 들었다.

아침을 먹자는 친구의 전화를 받고서야 겨우 잠에서 깨어났다. 씻는 둥 마는 둥 옷을 걸치고 친구들이 기다리는 식당으로 내려갔다. 물론 나를 백만장자로 만들어 주고, 나의 예리한 관찰력을 자랑할 기막히고 훌륭한 발명품인 페트병을 가슴에 꼭 안고 갔다. 먼저 온 친구들은 지난밤에 그렇게 악을 쓰면서 늦게까지 떠들고서도 못다 한 이야기로 시끌벅적했다. 다녀온 히말라야 산세가 어떠니, 어젯밤 마신 술맛이 어떠니 하면서 야단법석이다.

어제라는 과거에 매몰되어 있는 녀석들이 가소롭게 보이기만 했다. 내일을 위해 새벽에 사업구상을 하고 늦게 나온 나에게 눈길도 주지 않는 것이 조금 섭섭했지만 조금 지나면 모두 나를 존경하게 되리라는 생각에 어깨가 으쓱했다.

기회를 보아 가슴에 품고 온 페트병을 보란 듯이 식탁 한가운데 턱 꺼내 놓았다. 그리고 조금은 우쭐한 말투로 친구들을 향해 일갈했다.

"너네, 이런 훌륭한 물건을 본 적이 있냐?"

친구들의 놀라워하는 표정이 나를 더더욱 뿌듯하게 하였다. 하지만 그것도 잠시, 예상했던 대로 친구들의 거친 공격이 곧바로 시작되었다. 나는 안으로 마음을 다잡았다. '이런 종류의 공격은 너무나도 많이 경험해 일상처럼 되어버렸다. 사람은 대체로 남의 예지력이나 관찰력을 비하하고 남이 잘되는 것을 배 아파하는 경향이 있다. 이건 친구 사이라도 예외가 아니다.'

언제든 맞받아치려고 나도 속으로 방패와 창을 준비했다. 한데 정신없이 휘몰아치는 친구들의 한방에 전투력이 순간 와르르 무너졌다.

"너 눈이 잘못된 것 아니냐? 이게 어떻게 발명품이냐? 네가 어젯밤에 페트병을 깔고 자서 꼭지가 45도로 찌그러진 건데 무슨 발명품이라고 잠꼬대 같은 소리냐."

그제야 정신을 차리고 가지고 온 페트병을 지그시 바

라보았다. 헐, 그건 정말 특별한 페트병이 아니고 병 꼭지가 45도 각도로 비스듬하게 찌그러져 변형된 것이었다. 네팔의 어느 공장에서 일부러 굽혀서 제조한 것이 아닌, 내가 어젯밤 잠자리에서 만든 발명품이었다.

여기서 훌륭한 발명품을 그냥 접거나 없던 일로 하면 한동안 나는 친구들 사이에서 좋은 안줏거리가 될 게 뻔했다. 나의 인생관과 예지력, 관찰력은 물론이고 나쁜 시력까지 질근질근 씹힐 것이다. 생각해 보라. 잠도 덜 깬 부스스한 얼굴로 찌그러진 페트병을 안고 와서는 천하의 발명품이라고 하면서 큰돈을 벌게 되었다고 자랑하였으니 비웃지 않을 사람이 있을까. 생각이 여기까지 미치자 온갖 방어기제가 분주히 작동하기 시작했다.

"이런 훌륭한 아이디어 제품을 만들지 않는 페트병회사에 문제가 있는 거야. 재료비가 더 드는 것도 아니고 어려운 기술 없이 공장에서 쉽게 만들 수 있는 물건인데. 소비자들에게도 여러모로 편리한 점이 많은데 이런 제품을 만들지 않고 있는 이유를 모르겠다. 귀국하는 대로 페트병회사에 연락해서 이 아이디어를 귀띔해줘야겠다."

기울어진 대세는 다시 뒤집기가 버겁다. 구겨진 자존심을 세우려고 온갖 논리를 갖다 댔지만 돌아오는 건 냉소뿐이다. 눈도 나쁘면서 자다가 헛것을 보고서 자꾸 발명품이니 특허품이니 떠들지 말고 제대로 된 물병의 물이나 마시고 정신 차리라고 핀잔이다. 소수는 다수를 이길 수 없는 법이다. 이럴 때는 사업을 접는 척하는 게 최선이고, 적당한 구실을 붙여서라도 반격의 기회를 만드는 게 차선이다.

'그래, 두고 보자. 서울로 돌아가서 이 물병으로 한몫 잡을 것이다. 페트병 꼭지가 공장에서 만들어지든 잠결에 찌그러져서 만들어지든 무슨 문제냐. 멋진 발명품으로 돈만 벌면 되지.'

스스로 주술을 걸어 위로하면서 외톨이가 된 기분으로 귀국 비행기에 올랐다. 아, 그런데 어찌 이런 일이! 늦은 저녁으로 제공되는 기내식을 먹는데, 나의 귀중한 발명품이 이미 사용되고 있지 않은가. 기내식과 함께 제공되는 음료수를 담은 종이팩의 꼭지가 45도로 경사져 붙어 있었다. 내가 그렇게 훌륭하다고 한, 귀국해서 사업을 하겠다고 생각한 나만의 훌륭한 발명품이 이미 세상에 나와 사용되고 있는 게 아닌가.

나는 친구들을 향해 소리쳤다.

"야! 보아라. 내가 이겼다. 이 꼭지를 봐. 내가 조금만 빨리 시작했으면 발명왕이 되었을 텐데 분하게 되었다. 너희들, 이제 나를 발명왕으로 존경 좀 해줘야겠다. 이렇게 편리하게 사용되고 있는데 너희들은 자다가 찌그러진 페트병을 보고 내가 헛소리한다고 놀렸지만, 이제는 알겠지, 나의 진가를……."

기대한 친구들의 추임새는 고사하고 여기저기서 날카로운 화살만 날아온다.

"야, 헛소리 그만하고 잠 좀 자라."

이런 친구들과 함께 살아가야 하는 발명가의 길이 험난해 보일 따름이다. 그래도 나는 발명이 좋다. 누가 뭐래도 나는 나의 길을 가련다.

| 윤석구
| 17기

민족의 靈山 백두산 등정기
2024.7.5.~2024.7.8.

고려시대부터 덕양현으로 불린 유서 깊은 고을 고양특례시 덕양(德陽)구. 그 덕양구 중에서도 이름도 어여쁜 꽃우물(花井) 마을에 산 지가 어느덧 2년만 지나면 30년이다. 산천이 세 번 바뀌도록 둥지를 옮기지 않은 제2의 고향이다. 우리은행 재직 당시 북한 개성공단에서 3년 여간 근무한 이력 등을 인정받아 민주평통 자문위원으로 활동하고 있다. 두 달 전 민주평통 고양특례시협의회 위원님들과 호수공원을 돌며 자유를 찾아 대한민국으로 오신 북향민님(북한이탈주민)들이 안전하고 행복한 시민이 되기를 바라는 마음을 공유했다.

백두산을 향해 중국 심양으로!

오늘은 사전 공지를 통해 참여한 위원님들 60여 분과 함께 민주평통 경기지역회의, 고양특례시협의회, 중국지역회의, 중국심양협의회가 공동으로 '평화통일 공공외교 활동 및 해외교류협력사업' 협약식을 체결하고 백두산을 등정을 위해 출발하는 날이다.

위원님들이 덕양구청 청사 앞에 모여 인천공항행 버스에 탑승한다. 부지런한 고양시 의원님들의 환송을 받으며 출발한 버스는 인천대교를 넘어선다. 한강이 유유히 흐르고 서해는 끝없이 펼쳐져 있다. 저 멀리 석모도가 보인다. 그 너머는 우리 한반도의 북한땅인데 하는 생각과 한숨 속에 어느덧 인천공항 2여객 터미널에 도착한다. 일산동구와 서구에서 출발하여 오신 위원님들과 뜨겁게 악수를 하고 출국 수속을 마치고 KAL 8시 출발 비행기에 탑승한다.

중국 심양공항까지는 제주도와 비슷한 거리다. 심양공항에서 입국 절차를 마치고 버스에 탑승한다. 우리를 4일 동안 안내할 가이드는 중국 동포 4세다. 가이들의 설명을 들으며 버스는 중국 동북삼성 세계유산의 한 곳인 졸본성으로 향한다.

가이드 설명에 의하면 심양이 성도(省都)인 요녕성은 한반도의 1.3배 면적이고, 길림성 흑룡강성 등 동북삼성 세 곳의 인구만도 1억 2천만 명이 된다. 4일간 이동거리는 약 1,500km 내외이며 사계절 변화와 기후는 우리나라와 비슷하다. 옥수수농사와 벼농사가 농업의 주류다. 버스 창문 너머로는 옥수수의 물결이 끝없이 출렁댄다. 옥수수는 식용보다 동물 사료용으로 더 쓰인단다.

중국지점에 근무하고 싶은 마음에서 서울 시청 앞 이얼싼 학원을 수년간 다녔고 중국 남쪽인 하이난부터 상해 장안 황산 심천 복주 북경을 거쳐 러시아 블라디보스토크 등을 방문했다. 코로나 직전에는 연태와 대련 및 이곳 심양을 여행하기도 했다. 그래서인지 모든 게 낯설지가 않다. 하지만 5년여 만에 다시 찾은 중국은 도로도 나름 정비가 되었고 이전에 본 민가들도 초현대식으로 바뀌어 있었다. 시내 상가 건물 간판들 또한 깨끗하게 새단장되었다. 중국 역시 빠르게 변하고 있음을 느낀다.

간판이야기 나왔으니 한토막 첨가한다. 전에 한번 본 적이 있는데 쇠금(金) 자 세 개를 붙인 간판이 두세 군데에서 목격된다. 그 글자가 鑫(흠) 자인데 쇠금아래에 두 개가 더 붙어 있는 글자로 핸드폰으로는 잘 검색이 되지 않는다. 컴퓨터로 검색을 해보니, 기쁠 흠 또는 절반 훈으로 읽히는데 해석은 돈이 많이 들어온다 뜻이다. 좋은 글자이다. 鑫하고 鑫하고 또 鑫 되었으면 좋겠다. 백두천지 신명께 두 손 모아 소원드리면 鑫 鑫 되겠지.....

가이드는 위원님들과의 빠른 소통과 친교를 위해 간단한 중국 말 몇 개를 설명한다. 잘 알다시피 형님은 '따거(大哥)'다. '李 따거, 金 따거'는 좋은데 趙, 曺 등의 조씨 성은 '조 닭아'로 들려 오해가 있을 수 있으니 조심하자고 농을 던진다. 수고했어요는 '신쿨러(辛苦了)', 물 주세요는 '게워 수에 (给我水)'다. 밥 먹었나요는 '츠판러마 (吃饭了吗)'인데, 이 또한 욕처럼 들려 조심해야 한다. 심양의 역사 중 조선 역사와 관련 이야기를 해주기 바랐는데 아쉬운 면이 있어 웃자고 한토막 언급한다.

조선왕조의 500년의 가장 불행했던 시기는 임진왜란부터 정묘호란을 거쳐 병자호란까지의 시기다. 새로 등극한 여진족 청나라는 조선에 명을 멀리하고 청과 화친을 요청했지만 이를 거부하자 '괘씸죄'를 물어 조선을 침범했다. 병자호란 당시 인조는 남한산성에서 봉림대군은 강화도에서 항전하지만 강화도가 무너지면서 인조도 결국 굴욕적 화친을 맺었다. 봉림대군과 소현세자는 이곳 심양에 볼모로 잡혀왔다.

 소현세자는 선양에 있으면서 서양 문물을 접했다. 귀국 후 왕실 내에서 청의 선진 문물을 받아들여야 한다는 발언은 그렇지 않아도 청나라에 대한 증오심으로 불탔을 아버지 인조의 심기를 건드렸다. 명나라를 숭배한 노론들과 대립각을 세우다 귀국 2개월 만에 학질에 걸려 죽었다. 이목구비 일곱 구멍에서 피가 흘러나왔다는 독살설도 무성했는데, 이런 설 등을 바탕으로 영화가 만들어지기도 했다. 그 아픈 역사의 한 주인공이 볼모로 잡혀 있던 곳이 바로 심양이다.

 점심을 맛있게 먹고 세계유산이자 고구려의 첫 번째 수도였던 졸본성을 둘러본다. 고구려의 시조 동명성왕은 기원전 37년 이곳 졸본성에서 나라를 세웠다. 그 후 유리왕과 장수왕을 거치며 평양으로 수도를 옮겼지만 광개토대왕 비문을 통해 졸본성이 고구려 첫 수도였음이 알려졌다. 졸본성은 교통의 요지였고, 지금도 망대, 병영 등의 건물터가 남아 있다. 성안은 넓고 평평하며 중앙부에 천지라는 조그만 샘과 고구려 유물 2,000여 점이 발굴되었다 한다. 시간상 박물관을 관람하지 못하고 산성도 등정하지 못했다.

고구려 시조 시문을 통해 고구려의 그 큰 기상이 이곳 졸본성에서 펼쳐진 것이 입증된 것은 천만다행이다. 고구려왕들의 무덤에서 출토된 좌천룡 우백호 등의 벽화를 박물관 입구에 조작품으로 장식한 것은 졸본이 고구려의 수도임이 입증하고 있다. 학창 시절 역사 과목 수업 시간에 한때는 만주벌판이 전부 우리 고구려 땅이 었다고 배웠는데, 백문이 불여일견이라고 학창 시절 역사과목 수업 시 만주벌판이 전부 우리 고구려 땅이었다고 이곳에서 개국산성 문구를 보니 가슴이 뭉클했다. 가이드에게 중국 정부도 고구려를 인정하는지 물으니 역사적 근거가 있으니 당연히 그렇다고 동의하고 있다고 한다. 산성 정상에 으로지 한 아쉬움을 뒤로 하고 백두산 가까운 곳에 위치한 PULMAN RESORT로 가기 위해 다시 버스에 탄다.

리조트에 여장을 풀고 샤워를 하니 온몸이 상쾌하다. 나태주 시인의 백두산에 관한 시 '놀러 오는 백두산'을 읽으며 꿈나라로 향한다. 하지만 백두산 시를 읽으면 읽을수록 눈과 마음이 더 말똥말똥해진다.

'다시 한번 백두산에 가보고 싶다…하루만 백두산 꽃들과 놀다 오고 싶다…참 착하신 백두산이다.'

백두산에서 '백두산'을 읽으니 마음이 더 포근해진다.

백두산 북파 천지에서

본격적인 백두산 등정 날이다. 설레서인지 새벽 4시 15분(서울시간 5시 15분) 잠이 깬다. 베란다로 나가 하늘을

쳐다본다. 유감스럽게도 하늘은 잔뜩 찌푸린 얼굴이다. 3대가 덕을 쌓아야 천지를 관람할 수 있다는데, 백두 글자처럼 백 번을 가면 두 번만 천지를 볼수 있다는데…. 청명한 천지를 보고 싶은 마음 간절하지만 기도밖에 다른 방도가 없다. 기도가 응답을 못 받았는지 이슬비에서 시작된 빗방울이 점점 굵어진다. 속으로 다시 기도를 했다.

'천지지신이시여, 평화통일을 기원하는 우리 민주평통 고양특례시 백두산 방문위원님들께 백두산 천지를 볼 수 있도록 밝게 비추어주소서. 찬란한 광명의 빛을 내려주소서!'

리조트를 아침 8시에 출발한다. 1시간 30분 걸려 천지행 환승지에서 천지 구간행 버스로 환승한다. 그냥 백두산 입구까지 가면 될 것을 왜 환승하느냐고 수군거리는 소리가 들린다. 아마도 관광구역지별로 부가가치를 창출하려는 속내가 아닌가 하는 생각이 든다. 문제는 환승 대기줄이 너무 길다. 줄을 서고 대기하기를 반복하다 6인승 봉고형 버스로 갈아타고 마침내 구불구불 천지길을 약 20여분간 힘차게 오른다. 20여 년 전 천지 등정 당시는 골프카트 형식 차량에 도로포장도 제대로 되지 않아 위험하다는 생각이 들었는데 능숙한 기사는 매끄러운 곡예 운전으로 천지 주차장에 도착한다.

오르막길에서 미소짓는 야생화들이 너무 예쁘지만 가까이서 카메라에 담지 못하는 게 아쉽다. 가랑비 옷 젓을 정도의 비는 멈추지 않고 내린다. 그래도 이 정도쯤이야.

한발 한발 봉우리 정상으로 향한다.

버스 창문 너머로 스쳐가는 자작나무들이 너무도 아름답다. 회상해 보니 22년 전에도 그토록 아름다웠다. 당시 재직했던 은행이 대등합병한 지 얼마 되지 않은 터라 주도권을 쥐려고 여기저기서 쌈박질하는 소리가 많이 들렸다. 이를 지켜보던 최고경영진은 특단의 조치를 내렸다. 2만 명 전 직원이 땅끝마을에서 2박 3일씩 백두대간 릴레이 등정을 통해 화합을 도모하자! 일종의 직원 단합 특명이었다.

나는 17구간 태백산 지역에 배정되었는데 먼저 17이라는 숫자에 기분이 좋았다. 너무나 공교롭게도 내 생일과 큰딸 아들 생일이 모두 17일이다. 참 드문 우연이다. 군대 내무반 번호도 117번이고, 군대 장교 응시번호도 11117번이다. 예감이 좋았다. 진행부서인 연수부는 한 달여 백두대간 전 구간 등정을 마치면 특색 있는 직원 100여 명을 선발 전세기를 띄어 백두산 서파에서 북파까지 종주 피넬레를 장식한다고 공지했다.

'백두산! 말로만 듣던 천지?'

가고 싶었고, 선발되고 싶었다. 그러나 끈이 없다. 빽은 아예 생각해 본 적이 없다. 그렇다고 주관부서 소속도 아니다. 온갖 방법을 궁리했다. 궁하면 변하고 변하면 통하고 통하면 오래간다(窮即變 變即通 通即久)라고 했던가. 그래, 백두대간 등정에서 기회를 잡자!

'지리산에서 출발한 15,000명의 우리인이여! 설악산 거

쳐 철조망 뚫고 백두산으로 가즈아~!'

세로 2m 가로 7m 현수막을 손수 제작하여 혹시나 비 맞을까 비닐로 두 번이나 포장을 해 무거운 배낭에 이고 메고 짊어지며 백두대간 등정에 올랐다. 태백산 천제단 100m 전방에서부터는 현수막을 당당히 펼쳐들고 천제단에 올랐다. 그리고 천지신명께 멋진 조직 만들겠다고 다짐하고, 백두산 등정에 꼭 선발되게 해 달라고 마음속으로 기원도 했다. 궁하니 정말 통했다.

마침 백두대간 등정을 격려하기 위해 오신 당시 지주회사 회장님은 릴레이 직원 단합 행군 행사에 이렇게 멋진 현수막을 만들어 온 직원이 너무 멋지고 기특하다고 칭찬을 하셨다. 배석한 연수부장에게 백두산 등정 선발 1호 직원으로 선정하라는 지시를 내렸고, 나의 간절한 백두산의 꿈은 태백산에서 현실이 되었다.

한 달여 후 구간별로 선발된 특정직원 120여 명은 흥분된 마음으로 김포공항에서 특별전세기에 올라 연변 공항을 경유해 새벽 별똥별이 무수히 떨어지는 백두산 서파에 도착했다. 이번에 등정한 서파 울퉁불퉁한 계단을 밟고 중국 측 천지 봉우리 위에서 영롱히 떠오르는 찬란한 천상의 일출을 맞았다. 그때의 오색찬란하고 영롱한 광경은 평생을 잊지 못할 것이다. 22년 전의 추억이 다시 현실이 되는 순간이 다가오고 있다.

그때나 지금이나 아쉬운 것은 한반도 북녘땅인 삼지연을 오르지 못하고 우리 땅이 아닌 중국땅을 밟을 수밖에 없다는 현실이다. 오늘 함께 등정하는 평통위원님들도 우리 세대에는 꼭 통일이 이루어지길 간절히 바라는 마음일 것이다. 버스는 북파 환승 장소를 향해 고지대를 계속 오른다. 창밖을 한번 또 바라본다. 새벽녘부터 간절한 염원 덕분인지 하늘도 무심하지 않은가 보다. 구름 사이 태양이 얼굴을 내민다. 기도 응답을 조금 늦게 받나 보다. 이왕이면 찬란히 비추어 주었으면 좋겠다. 가이드의 일송정 노래를 스쳐 들으며 싱그러운 녹음의 바깥 풍경으로 눈길을 돌린다.

드디어 장백산 천지다!

서파에서 북파로 12시간 트레킹으로 완주했던 추억이 있어 감흥은 덜했지만 민족의 성지, 민족의 영산, 푸른 백두산 천지물을 바라보니 감회가 새로웠다. 북쪽땅 삼지연을 거쳐 천지를 밟는 날이 빨리 오기를 다시금 기도해 본다.

'천지지신이시여, 우리 한 민족의 소원인 통일의 문을 활짝 열어주소서!'

사방에서 천지를 배경으로 기념사진을 찍는다. 맑게 갠 하늘, 하느님께 그저 고마울 뿐이다.

그런데 천지 표지석이 보이질 않는다. 분명 20년 전엔 있었는데. 두리번거리며 77m 능선 아래로 발걸음을 향하니 '하늘 天 땅 地가 아닌, 하늘 天 못 池'의 천지(天池) 표지석이 보인다. V표시도 하고 엄지 척도 하고 두 팔 하늘로 벌리는 등 온갖 포즈는 취해 본다. 추억을 가슴에 담고 간직하고 집결지로 하산한다. 송이가 들어있는 48% 송이주(酒)로 천지 등정 축배를 한다. 꿀꺽꿀꺽 두 잔 석잔 잘도 넘어간다. 일행 위원님께서 그 무거운 수박을 들고 오셔서 천지에서 달콤함을 맛보는 기쁨을 누리기도 했다. 역시 정이 통하는 우리 평통 가족이다. 그러니 하늘도 무심치 않고 비를 멈추고 밝은 천지를 만들어 주신 것이다.

오늘 두 번째 일정인 장백폭포로 향한다. 백두산의 다른 폭포는 가끔은 물이 말라 폭포 역할을 못할 때도 있지만 장백폭포는 일 년 내내 물이 흐른다고 한다. 비를 친구 삼아 멋지게 승천하는 용 구름의 기운을 배경으로 다양한 추억의 사진을 담았다. 침향 판매소에서 침향이 효능을 듣고 백두산 마트에서 기념품도 구매한다.

그런데 침향 판매점 앞 상호가 북조선 음식점인 그 앞마당에 배려심 깊으신 회장님의 사전 주문으로 모 위원님의 생일에 맞추어 생일축하 폭죽이 하늘도 솟는다. 이런 서프라이즈가! 음력 6월 초하루, 위원님 백두산에서 맞은 생신은 뜻깊은 추억으로 오래 남을 것이다.

이제는 만찬의 시간이다. 중국땅 장백산 아래 상호가 제주식당의 삼겹살 무한리필은 불이 난다. 평화통일을 위하여! 우리 민주평통을 위하여! 이혜민실장님을 위하여! 장백산 삼겹살의 맛과 주(酒)님의 맛은 밤새 익어만 간다.

1440 계단, 백두산 서파 천지

여행 셋째 날이다. 행운의 럭키 세븐 7자가 5개나 들어 있는 갑진년 7월 7일 7시 7분 7초의 아침이다. 어젯밤 만찬이 늦어졌음에도 서파 언덕 천지를 등정할 생각에 일찍 눈이 떠진다.

새벽에 창문을 열고 하늘을 바라보니, 구름 사이로 폭이 넓은 두 줄의 영롱한 선이 일자로 쭉 뻗어있다. 저 선이 구름을 헤치며 밝은 태양빛으로 확산되어 서파의 천지를 밝게 비쳐주길 희망한다. 어제 북파 길 천지여행에서 수없이 차를 갈아타고 기다리다 지친 탓인지 30분쯤 일찍 출발하기로 의견을 모은다.

서울시간에 맞추어 네이버 시계로 7시 7분 7초를 정확히 캡처하고 버스 탑승 직전 현지시간으로 맞추어 한번 더 캡처하지만 유감스럽게도 손에 손 가방과 배낭 등 소지품이 있어 정확히 캡처가 되지 않는다. 서울시간 캡처 사진과 함께 어제 등정했던 북파 천지 광경을 페이스북과 단톡방 몇 곳에 보낸다.

'2024년 7월 7일 7시 7분 7초! 백두산 정기를 받으러 어제 북파 천지 등정에 이어 지금 이 순간 서파 길로 오릅니다. 어제 오늘 등정하는 중국 땅 장백산 천지, 우리는 그 언제나 대한민국 백두산 천지로 오를 수 있을까요. 평화통일! 통일의 그날을 두 손 모아 기도합니다. 2024년 7월 7일, 평통위원님들과 함께 백두산 서파 천지로 향하며…'

바로 댓글이 쏟아진다. 순간 80여 분이 댓글을 준다.

'멋지고 자랑스럽다, 백두산 정기 많이 받고 와라, 3대가 덕을 쌓아야 천지를 볼 수 있다 하는데 어제 천지 감상 잘해서 운수대통 할 것이다…'

아무래도 민족의 영산 백두산이니 그 누구나 가보고 싶은 마음, 등정하고 싶은 마음이 있어서 생각이 서로 통한 게 아닐까 하는 생각이 든다.

탑승 전 네잎 크로바를 발견하는 행운의 기쁨을 누린 위원님도 계시고 토끼풀 수십 개를 엮어 월계관을 만들어 봉사정신이 가장 뛰어나신 모 위원님 머리에 씌워주는 위원님도 계신다. 먼저 탑승하여 빗길 조심토록 손도 잡아주는 동료 위원님을 배려하는 모습도 참으로 아름답다.

좁은 게 세상이다. 서울대 ACPMP 원우인 정철 원우회 회장이 "저도 서파길 천지로 향하는 중입니다" 라는 답신이 카톡으로 왔다. 전화로 반갑게 인사를 나누고 천지에서 만나 인증샷을 찍기로 약속한다. 우리를 태운 봉고형 차량은 서파 1440개 계단입구에 도착했는데, 그토록 염원한 태양은 안 보이고 빗방울만 거세진다. 비닐 우의 한 개로는 카버가 안되어 한 개씩 더 사서 앞뒤로 입고 1440개 계단의 첫 번째 계단을 힘차게 밟는다.

계단 두 마리 사자상도 입가에 빗방울뿐이다. 비를 흠뻑 먹은 천지 등정길 계단 좌우의 활짝 핀 야생화도 너무 추워 보이다. 꽃잎인지 빗잎인지, 비가 꽃을 머금은 것인지, 꽃이 비를 머금은 것인지 헷갈린다. 영롱한 꽃들은 모

진풍파를 견뎌내고 노란색 핑크색 연보라색 형형색색으로 곱게 피어 있다. 핸드폰에 담고 싶지만 거세지는 강풍과 빗방울로 마음만 바쁘다. 그래도 하늘의 비를 머금은 지금의 꽃이 백미의 순간이라는 생각에 톡 대면 똑 떨어질 그 순간을 렌즈에 몇 컷 담는다.

서파 천지 계단은 10개 단위로 계단숫자가 부착되어 있다. 7월 7일 7자를 더 새기고 싶은 마음에 777번째 계단 앞에서 셀프 인증샷을 찍는다. 몰아치는 빗방울로 몸은 어수선하지만 기분은 삼삼하다. 강풍으로 등정이 아예 차단되는 경우도 많다는데 777번째 계단에서 인증샷을 찍은 건 행운 아닌가. 다시 호흡을 고르고, 비에 젖은 배낭을 챙기며 한걸음 한걸음 1440개 계단을 오른다.

드디어 정상 천지다! 거센 비바람도 우리를 막지는 못했다. 어제 북파와는 다르게 중국인들이 만든 기둥 표지석과 천지 표지석 앞에서 하늘로 두 팔 벌리며 기념촬영을 했다. 천지는 한치 앞도 보이지 않는다. 그래도 어제 본 천지로 위안을 삼으며 오래 머물지 않고 바로 내려왔다. 오를 때는 목재 계단이었는데 내려오는 길은 대리석 계단이다. 비를 머금은 대리석을 밟는 발길이 조심스럽다. 1440개 계단을 오르는 데는 30분 정도, 내려오는 데는 20 정도가 걸렸다.

'빗방울과 꽃'을 주제로 한 유명 사진작가들처럼 한여름 백두의 야생화를 주제로 '개성의 봄은 언제 오려나' 개인 블로그에 멋지게 게재하고 싶었는데 아쉬운 마음뿐이다. 그래도 위원님들은 모두 천지를 밟았다는데 의미를 두고 안전한 하산에 감사한다.

비빔밥과 된장국으로 점심을 먹는데 두부가 들어있는 토속적인 된장국 맛이 기가 막힌다. 이처럼 오묘하고 맛있는 된장국은 지금까지 처음이다. 게 눈 감추듯 비빔밥을 한 그릇 먹는 사이 인정 많으신 모 위원님이 국 한 그릇을 더 갖다 주셔서 배를 더 든든히 채웠다. 서울에 가도 천지 된장국이 그리울 것 같다. 박호영 회장님께서 제안을 하신다. 우리가 묶었던 호텔에 가서 젖은 옷이라도 환복하자고. 역시 리더는 다르다. 각자 구성원의 뜻을 존중하고 포용하면서도 필요하다 싶을 때는 행동을 모은다. 늘 고마운 역할을 하시는 회장님께 감사한 마음이다.

골퍼들이 제일 기쁠 때는 18홀을 모두 마치고 집으로 오는데 귀가 올 때라고 한다. 어느 정도 강수를 예상한 터고 어제 화창한 천지의 맛도 봤기에 그리 아쉽지는 않지만 환복을 하고 버스를 타고 심양으로 가는 길에 비바람치던 천지는 어디로 가고 태양이 쨍쨍하니 슬쩍 '이건 뭐지!'하는 생각이 든다.

선견지명이 있으셨던 고(故) 정주영 회장님께서 북한 상공으로 삼지연공항에 도착해 장백산(長白山) 천지가 아닌 백두산(白頭山) 천지로 가는 길을 열어주셨다면 통일의 길이 조금 더 단축되었을 텐데 하는 아쉬운 마음이 든다. 한편으론 그러한 역할을 우리 민주평통 위원들이 해야 한다는 다짐도 해본다. 민주평통이 통일로 가는 든

든한 디딤돌이 되기를 소망하면서 숙소인 힐튼호텔 만창장에 도착한다.

통일을 염원하는 민주평통 협약 체결

백두산 천지 등정 4일차이자 귀국일이다. 그저께 등정한 장백산 북파, 즉 백두산 천지 사진을 지인께 자랑삼아 카톡으로 전송하니 '한 시간이나 되는 장백산과 백두산의 시차를 극복하고 민족의 영산 천지 구경을 진심으로 축하한다'는 부러움 섞인 회신이 돌아온다.

한때 만주벌판까지 호령했던 고구려 시절 이후 두만강 압록강을 경계로 국경이 생기며 않았다면 천지가 반으로 나누어지지 않고 국경 경계 표지석도 없고 시차도 나지 않을 텐데 하는 아쉬움을 느끼며 귀국 가방을 챙긴다. 3박 동안 그르렁 그르렁 기차 떠나는 코골이에도 조금도 싫은 내색 없이 2달러씩 객실 팁을 침대 위에 놓고 나오시는 룸메이트 송원석 상임위원님의 근면하심과 배려지덕에 고마운 마음이 가득하고 기분도 짱이다.

오후 일정으로 잡힌 청나라 수도 심양 고궁 관람을 위해 서두르자는 안내에 따라 조금 일찍 로비로 향하는 데 엘리베이터 입구 벽면에 '嶺航舵(영항타)라는 글자가 새겨있는 선박 조형물이 눈에 띈다. 선장의 중요성, 즉 리더의 역할을 잠시 생각하며 든든하게 아침을 먹고 심양 시내 북궁으로 향한다.

심천이 중국 발음으로 선천으로 불리듯 심양은 선양으로 불린다. 심양이라는 이름은 심양 시내 남부를 흐르는 훈허(渾河)의 옛 이름 심수(瀋水)의 북쪽에 있다는 심수지양(沈水之阳)에서 비롯되었다고 한다. 서울이 한때 '한강의 북쪽'이라는 의미의 한양(漢陽)으로 불린 것과 같은 이치다.

17세기 이 지역에 살던 유목민 여진족에서 '누루하치'라는 영웅이 나타나 여러 부족을 통일하여 대제국을 건설하고, 국호를 '금'으로 칭하다가 나중에 '청'으로 바꾼다. 누루하치의 손자, 즉 청의 순치제가 명나라를 멸망시키고 1644년 산해관을 넘어 북경(北京)으로 천도하자 심양은 수도의 자리를 북경에 넘겨준다. 청나라 고궁인 북궁에 잠깐 들러 인증샷을 남긴다. 고풍스러운 궁궐답게 첫 정문부터 다양한 포즈의 사자상들이 우리를 반긴다. 사자의 권력과 창성의 의미를 생각하며 오른발로 구슬을 누르고 있는 사자의 이마를 쓰다듬으며 천지에서도 기도했듯이 한반도의 통일을 빌어본다. 그러고 보니 우리 고을 호수공원에도 멋진 사자 한쌍이 있다. 개인 블로그 '개성의 봄은 언제 오려나'에 호수공원 사자상 글을 올린 기억도 새록새록 떠오른다.

교류협력 협약식장이 있는 힐튼호텔로 이동한다. 당초 이번 여정의 목적은 민주평화통일자문회의 경기지역 협의회, 고양특례시 협의회, 심양 협의회가 민족의 염원인 평화통일을 위해 역량을 집중하고 상호교류를 통한 상생 발전을 위한 자매결연 협약을 맺는 것이다. 친선교류, 평화통일 관련 정보공유, 공동세미나 개최, 민주·평화·통일 관련 프로그램 공동 개발, 통일기반 조성 등을 골자로

하는 협약을 체결한다.

민주평화통일자문회의 경기지역회의 홍승표 민주평통 경기부의장님, 중국지역회의 박영완 중국부의장님(선양협의회장 겸임), 박호영 고양특례시협의 회장님, 외교부 하태욱 선양 부총영사님 등 함께 참여한 자문위원 등 100여 분들이 한마음이 된 협약은 한반도의 평화와 번영, 통일기반 조성을 위한 초석이 될 것임을 확신한다. 또한 우리 위원들이 앞장서서 자유·평화·번영의 역량을 결집하고 평통 본연의 임무에 충실할 것을 다짐한다.

개인적으로는 북한 개성공단 개발 초기에 공단에 은행을 설치하고 북한 개성대학교 출신 여직원 2명과 함께 작은 '통일 금융공간'을 만들어 개성공단 입주기업에 금융서비스를 한 바 있어, 백두산 등정이나 협약식은 나에게 남다른 의미가 있다. 7대 선조께서 잠시 머물렀던 함경도 무산마을은 백두산 천지 남파 아래에 있다.

협약식과 백두산 등정을 마치고 귀가하니 노란 행운의 의미가 있는 녹보수 7송이가 만발했다. 성공적인 백두산 여정에 대한 환영인 듯하다. 백두산 등정과 협약식을 앞에서 끌고 뒤에서 밀어주신 모든 분들께 다시 한번 감사드린다. 아울러 통일에 대한 열정을 더 뜨겁게 달구겠다는 약속도 함께 드린다.

삼계탕 한 그릇의 행복

초복 중복 말복의 복자는 한자로 엎드릴 복(伏)을 쓴다. 사람 인(人) 변에 개 견(犬) 자다. 충청도에서 우스갯

말로 일컫는 "개혀(?)"의 주인공 견공은 이른바 최고의 보양식이다. 보양식이 되어 끌려가지 않으려고 납작 엎드린 모습을 빗대어 '엎드릴 복'을 쓴 게 아닌가 미소를 지으며 네이버 사전을 찾아봤더니 내 엉뚱한 상상이 크게 빗나갔다. 사전의 뜻을 요약하면 이렇다.

'더운 날 기력을 회복하기 위해 몸보신 하는 것은 좋지만 복(伏)자에 개 견(犬)자가 들어갔다 해서 보신탕을 먹는 날을 의미하지는 않는다. 복날은 엎어질 듯이 매우 더운 날이란 뜻의 복(伏)날이다.'

하기야 요즘은 보신탕을 아예 법으로 못 먹게 막아놨으니 견공들이 일부터 엎드릴 일은 없어졌다. 오랜 세월 '최고의 보양식' 자리를 꿰찼던 보신탕이 닭에게 자리를 내어주는 모양새다. 꿩 대신, 아니 견공 대신 닭이다.

그 옛날 선조님들은 이른 봄부터 씨앗 뿌리고 보리 타작하고 모를 심고 피를 뽑는 등 온갖 농삿일로 여름 무렵에는 이미 기력이 다 소진되었을 것이다. 그러다 본격적으로 여름이 시작하는 소서(小署)와 대서(大署)를 맞이하는 伏날 즈음에, 영양보충 차 멍멍 견공들과 꼬끼오 닭들을 보양식으로 드시며 여름을 나시지 않으셨을까. 이제는 견공들이 물러났으니 닭들이 보양식 '독과점' 지위에 올라섰다.

좋은 재료가 보양의 도수를 높인다. 닭백숙만으로도 영양이 듬뿍하겠지만 대추, 잣, 은행, 통마늘, 인삼을 넣어 끓인 보약 삼계탕은 기력 회복에 최고의 음식이다. 여름이 시작되면 이름 좀 난 삼계탕집마다 사람들이 긴 줄을 서는 이유다.

내가 존경하고 자랑스러워하는 W은행 Y회장님이 지난 7월 16일 그 이름도 유명한 효자동 토속촌삼계탕집을 통째로 빌려 동우회원 500여분을 초대했다. 11시 30분, 1시, 2시 30분으로 세 파트로 나누어 맛나게 삼계탕을 먹었다. 회장님은 한 해를 마무리하는 결산 겸 총회가 열리는 12월에는 자하문 중국 음식점으로 회원들을 초대한다. 그 크신 배려에 언제나 감사한 마음이다.

음식은 맛도 있지만 정도 있고 추억도 있다. 인삼주 석 잔의 효과는 바로 나타난다. 수십 년간 함께 근무했던 동기간, 선후배간, 심지어 상사·부하간의 벽이 순간 무너진다.

"그때 참 멋있는 상사이셨습니다."

"그래, 자네도 그때 참으로 마케팅을 잘했지. 그런데 어쩌다 이리 늙었나."

"이사님은 거울도 안 보십니까?"

동기간에도 재직 때보다 말이 많아진다.

"맞아, 그때 우리 KPI 1점 차이로 2등 해서 참 속 쓰렸지. 자네만 없었어도 우리가 1등 먹었는데…. 그래도 그때가 좋았어."

"자네도 생각나나? 시제 1원이 안 맞아 찾느라고 퇴근도 못하고 있다고 집에 핑계대고 당직실에 모여 고스톱 두어판 돌린 거."

"왜 안나겠나. 돈 떨어졌지만 자존심은 있어 터벅터벅 집으로 걸어간 적도 있지. 돌이켜보면 당직 있을 때가 좋았어."

"그래도 그때는 정이 통하고 낭만이 있었지. 지금은 그 뭐 블라인드가로 뽑고 회식도 후배들 눈치 보여 제대로 못한다지?"

이야기가 무르익어가니 회원 한 명이 무용담 하나 들려주겠다고 목청을 높인다.

"아 글쎄, 지점장실에서 저녁에 고스톱을 치고 깨끗하게 정리하고 퇴근했는데, 다음날 출근하신 지점장님이 '어젯밤 고스톱 친 사람들 누구냐?'며 큰 소리로 호출하시지 않았겠어요. 다들 고개만 숙이고 대답을 하지 않으니, 살며시 미소를 지으며 '고스톱을 치더라도 똥은 싸지 말아야 할 것 아녀? 설령 똥을 쌌으면 표시 나지 않게 잘 정리를 하던지. 피까지 흘려놓고…' 라고 하시며 바닥에서 주운 똥 피 한 장을 증거물로 보여주시는 거예요. 그러면서 한마디 덧붙이셨죠. '그래도 똥이니까 좋아, 오늘 확실히 예금 좀 늘려봐' 라고요. 똥 피 덕인지는 몰라도 그날 수백억 예금이 들어왔어요. 지점장님이 기분 좋게 퇴근하시며 또 한마디 하시더라고요. '이왕이면 다음부터는 피 대신 광(光)을 흘려보라'고요."

모두 파안대소, 배꼽을 잡고 웃었다. 여기저기서 다양

한 무용담이 들려오고 인삼 삼계탕은 모처럼 역전의 용사들 입을 호강시켰다. 복된 복날 점심이었다.

30년을 다닌 직장이다. 이처럼 멋지고 신나는 동우회 조직이 있다는 게 너무 행복하다. 동우회원들이 마음껏 책을 읽을 수 있는 독서실이 있고, 서예반도 개강되어 있다. 최근에는 당구 열풍이 불어 당구 대회도 개최한다. 매월 한 번은 원거리로, 또 한번은 서울 인근 지하철 노선역 부근에서 출발하는 등산과 트레킹 모임이 번갈아 개최한다. 얼마 전에는 공자 왈 맹자 왈 논어 공부방도 개강되어 한문 실력도 늘리고 선현들의 고귀한 말씀도 가슴에 새긴다.

500분이 넘는 전 회원이 모여 겨울에는 자장면 탕수육과 연태 고량주를, 여름에는 보양식 인삼 삼계탕을 먹고 추억을 나누는 동우회 모임이 얼마나 있을까.

갑진년 복날, 무더운 여름을 건강하게 날 수 있도록 배려해주신 Y회장님께 감사드린다. 1989년 입행 당시 참으로 인자한 모습으로 직원들을 격려해주신 K지점장님까지 30여 년 만에 토속촌에서 뵙게 되었으니 이번 伏날은 분명 福 받은 날이다.

윤재철
12기

당신 멋져

 어렸을 때 선생님들이 당부하던 몇 가지 가르침에 뇌염 주의, 아침 체조, 좌측통행이 포함되었다. 그런 연고로 아이들은 왼쪽으로 오가는 좌측통행을 따랐다. 그러다 어느 날부터 우측통행으로 바뀌었다. 건물의 오르내리는 방향도 바뀌면서 혼란이 생겼다. 이태원 참사도 시작은 이런 사소한 일에서 시작되었을 수도 있다. 어느 날 지하철역 계단에서 두 노인이 목청껏 싸우고 있었다. 지나가면서 듣자 하니 두 분이 서로 비키라는 것이었다. 두 분 모두 연로하시고 다리가 불편했다. 객관적으로 보면 위에서 내려가시던 분이 우측통행으로 우선이다. 그렇더라도 두 분 중 아무나 양보하면 될 일인데 어린아이처럼 싸우고 있었다. 고달픈 경쟁 사회에 살다 보니 계단 오르내리는 것까지 다툰다는 생각이 들었다. 늙어 갈수록 살면서 유연성이 필요하다. 걷는 곳에서 내가 맞고 너는 틀리다고 다툴 것이 못 된다. 세상살이에도 가능하면 안 부딪히고 살면 최고다. 그러려면 양보하는 태도와 겸손한 자세가 필요하다. 중요하지도 않은 것을 놓고 노인 두 분처럼 고집을 부리고 화를 낸다면 서로 힘들고 기분도 나빠진다. 우리나라에도 양보가 경쟁보다 우선시 되는 때가 오고 있다. 운전 문화만 해도 가끔 양보도 하는 것을 보면 10년 전보다는 다소 좋아지고 있다. 사람들도 경제적 여유와 함께 더 많이 양보하는 것 같다. 서로 양보하고 살 일이다. 건배 구호에도 있다. "당신 멋져!" (당당하고, 신나고, 멋있게, 져주며 살자!) 져주며 사는 것이 쉽지 않지만, 더 큰 사고도 당할 수 있음을 생각하면 양보할 수 있을 때 져주는 것은 복 받은 삶이 될 것이다. 의정부 시내에 친구가 운영하는 이비인후과에 볼일이 있어서 가는데 평소 안 막히던 곳이 꽉 막혀 있었다. 많은 시간을 지체하며 나아가던 중 교통사고가 난 현장을 지나게 되었다. 터널 안 삼중 추돌인데 상당히 심각한 교통사고였다. 아마도 누군가 사망했거나 병원으로 옮겨졌을 수도 있을 만한 사고였다. 누군가는 인생이 바뀌는 현장이었다. 다시 생각해 보니 나로서는 교통체증만으로 그친 것이 다행한 일이었다. 누가 사고당할 것을 알기나 했겠는가. 누군들 오늘 세상을 떠나리라고 생각이나 했겠는가. 그리하여 앞으로는 교통 체증이 있으면 '누군가는 교통사고를 당해 운명이 바뀌는데, 나는 이 정도 길 막히는 것에 감사할 일이다'라는 생각을 가져보기로 했다. 세상을 사는 것도 이와 같은 일이 많은 것 같다. 잘나간다고 뽐내며 살다가 어느 날 망신을 당하기도 하고, 사업이 부도가 나기도 하며, 갑자기 건강을 잃어버리기도 한다. 양보하면서 느리게 가는 것이 답답하지만, 때로 곰곰이 생각해 보면 감사할 일이 되기도 한다. 유학 생활에서 느낀 문화적 차이 중에서 가장 큰 것은 배려하고 양보하는 것이었다. 문을 여닫을 때는 반드시 뒷사람을 배려하여 문을 잡아준다. 운전 시에도 할 수만 있으면 먼저 양보한다. 교차로에서 차가 서로 만날 때 상향등을 한 번 반짝하면 양보할 테니 먼저 가라는 표시다. 길이 막혀 중간에 끼어들기를 해도 약속이나 한듯 한 대 끼어들면 한대 지나가고 하면서 서로 양보한다. 우리나라에서 다른 차가 끼어들려는 경우 앞차 꽁무니에 더 바짝 대는 것과는 정반대 운전 문화다. 처음 영국에 도착해 운전하면서 너무 자주 양보하는 사람들이 낯설었다. 도착해서 초보 딱지 "L"(Learner, 초보자)를 붙이고 어딘가를 열심히 가고 있었다. 도로 차선이 두 개인데도 한 줄로 길게 서고 다른 쪽은 텅 비어 있었다. 나는 아주 자연스럽게 빈 도로 이 차선으로 들어갔다. 300m쯤 가니 도로가 합쳐지는 곳이다. 아차 싶었다. 낯 뜨겁지만 좌 신호를 넣고 들어가려 하는데 옆 차가 망설임 없이 길을 양보해주었다. 우리나라에서 좌 신호는 뒤차에게 빨리 오라는 신호로 생각하는 교통문화가 있었기 때문에 끼어들기가 힘들었던 나는 깜짝 놀랐다. 그런 경험을 한 번 더 하고 나서야 깨달았다. 영국에서는 먼저 양보하는구나. 나도 금방 따라했다. 양보를 쉽게 해주고 여유가 느껴지는 부러운 생활 습관이다. 또 누군가 도움이 필요하다 싶으면 요청을 안 해도 다가와 도울 일이 있는지 묻는다. 특히 아이들에게 웃고 말을 걸어주면서 관심도 보이고 도울 일을 묻는다. 처음에 산 중고차가 말썽을 자주 부렸다. 길에 설 때마다 보험회사의 견인을 기다리고 있으면 얼마 지나지 않아 지나가는 차가 서고 웃으면서 다가와 무슨 일이 있는지, 도와줄 일이 있느냐고 물어보는 사람들을 자주 만났다. 내 설명을 듣고 나서는 우리 아이들에게 인사를 건네고 농담도 주고받고 칭찬도 하면서 웃고 떠났다. 여유가 있고 누군가를 돕고자 하는 마음가짐과 자세가 항상 열려 있는 것을 볼 수 있었다. 점차 나도 변화되어 먼저 양보할 기회를 찾고 있는 모습을 발견할 수 있었다. 귀국해서 영국 생활에서 배운 양보 운전을 실천해 본 적이 있다. 머지않아 뒤에서 빵 소리가 났고 나는 깜짝 놀랐다. 몇 번 그런 일이 있고는 양보를 포기했다. 양보를 잊었고 조금만 늦어져도 못 참는다. 한 나라의 문화는 쉽게 만들어지는 것도 아니고 쉽게 변화되는 것도 아니라는 깨달음을 마음에 새겼다. 누군가의 배려나 조그만 희생과 사랑도 메말라 버린, 찬 바람이 부는 현대에 살고 있다. 경쟁에 쫓기면서 물질 만능을 부르짖으며 정신적 여유가 없는 시대를 살아가는 것인지도 모르겠다. 술자리에서 "당신 멋져"를 외치지만, 계단을 오르내리는 사소한 일상에서조차 한 치의 양보를 못하는 어렵고 각박한 삶을 살아가는 것은 안타깝다. 나, 내 가족, 내 편 제일주의가 강화되면서 공동체의 작은 예의와 배려하는 마음까지 밀어내고 있다는 생각이 든다. 물질적 축적을 자랑할 것이 아니라 정신적 여유와 힘든 상황에 놓인 사람에 대한 배려가 필요한 시대다.

핵전쟁과 스위스

 최근 핵무기에 주목하게 된 것은 북한 때문이다. 분단 국가와 대치 상황에서 북한의 핵무기 개발은 대한민국으로서 불안하기 때문이다. 요즘의 핵무기는 그동안의 성능개선 경쟁으로 일본 히로시마, 나가사키에서 폭발한 초기의 핵폭탄보다 훨씬 강력해졌다. 우리나라도 미국과 맺은 핵확산금지조약(NPT)에 의한 핵 개발 금지만 없다면 핵무기를 개발하는 것은 시간문제다. 충분한 핵무기 개발 능력을 갖추고 있지만, 세계평화와 미국의 반대로 개발하지 않는 것이다. 북한은 경제적 어려움과 정권유지 차원에서 극단적 선택을 할 수밖에 없었기 때문에 핵무기를 개발한 것으로 보인다. 핵무기 이외의 무기로는 대한민국을 따라잡을 경제력이 없는 것도 원인이 되었다. 규모 9.0의 동일본 대지진(2011. 3. 11. 14:46)으로 후쿠시마 원자력 발전소의 핵 용융과 방사선 누출 사고가 발생했다. 후쿠시마 원자력 발전소를 중심으로 반경 30km 내에 있는 모든 사람을 대피시켰다. 끔찍한 재앙이다. 반영구적으로 방사선 피해는 계속될 것이다. 지금까지 있었던 최악의 원자력 발전소 사고 중 하나지만, 핵무기는 살상용으로 개발된 것이기 때문에 그것보다 훨씬 강력하다. 일본은 세계적으로 유일하게 원자폭탄이 살상

용으로 사용된 나라다. 1945년 8월 히로시마와 나가사키 두 도시에서 직간접 피해로 약 이십만명이 죽었다.

핵전쟁은 가능할 것인가? 모택동은 '핵무기는 가지고 있다는 것만 보여주면 된다.'라는 말을 했다고 한다. 사용 가능성은 매우 낮다는 것을 지적한 것이다. 핵무기의 사용은 누가 보아도 인류 최후의 날을 앞당기는 불장난이 될 가능성이 크기 때문에 사실상 어렵다. 미국과 러시아가 보유한 핵무기만도 지구를 충분히 멸망시킬 수 있는 양이다. 문제는 인간이 만든 종교나 이념에 대한 신념이다. 종교 또는 인종 간의 갈등, 이념적 갈등에 극단적 핵무기를 사용하거나, 위력은 떨어져도 재래식 대포에 핵물질을 장착해서 사용하는 집단이 나타나지 않는다고 누가 보장하겠는가? 이러한 이유로 핵무기는 통제되어야 하는데도 점점 더 많은 나라가 핵무기를 만들어내고 있다. 경제발전과 과학기술의 발달로 인해 상대적으로 핵무기를 만드는 기술이 쉬워지고 비용이 낮아지고 있기 때문이다. 이란도 핵무기 보유 여부가 불분명한 나라라고 의심받고 있다. 이미 미국, 러시아, 영국, 프랑스, 중국 5개 UN 상임이사국은 핵무기 보유 기득권을 가졌다. 인도, 파키스탄, 이스라엘도 핵무기 보유 국가이다. 핵무기가 전쟁 억제 역할을 한다고 보는 견해도 있다. 핵무기의 사용은 집단 자살이 되기 때문이다. 또한, 역사상 모든 전쟁은 엄청난 비용과 쌍방 간에 손실이 크다는 것을 알기에 전쟁은 일으키는 쪽에서도 망설여지는 결정인 것이다. 손익 분석을 해서 얻는 것이 많아야 전쟁도 가능한 시대가 되었다. 과거의 전쟁과는 달리 앞으로의 전쟁은 들어가는 비용 대비 얻는 이익을 면밀하게 검토해서 할 것인지를 결정하게 될 것이다. 스위스는 세계 어느 나라보다 최고의 핵전쟁 대비능력을 자랑한다. 타의 추종을 불허한다. 핵무기에 살아남기 위해서는 스위스 정도의 시설 투자가 있어야 한다. 스위스를 자세히 들여다보면 우리도 고민해 보아야 할 문제가 많다. 영세중립국이지만 지금도 전 국민이 사격 연습을 하는 나라이다. 전쟁이 나면 모든 국민이 국가를 위해 싸우는 군인이 되는 나라다. 스위스는 가난하던 시절 다른 나라의 용병이 되어 먹고 살았다. 지금까지도 로마 바티칸의 교황청은 스위스 용병이 지키고 있다. 스위스의 산은 그림처럼 아름답다. 그러나 그 산 아래에는 전쟁을 대비한 땅굴이 있다. 땅굴 안에 탄약과 식량을 준비해둔 것이다. 스위스 군사용 땅굴을 직접 보고 온 우리나라 사람이 대단히 놀랐다고 나에게 말한 적이 있다. 그 규모와 철저한 대비에 감탄한 것이다. 두 달 이상 외부지원 없이 전쟁을 수행할 수 있는 식량과 무기, 장비와 시설을 갖추었다고 한다. 스위스는 핵전쟁이 발생할 것에 대비하여 각 가정에 상당 기간 먹을 식량과 물을 별도로 비축하도록 법으로 정해 놓았다. 각 가정에서는 식량과 물을 새로 사 올 때마다 기존에 비상용으로 사다 놓은 것과 교체해 두고 기존 것을 먹고 마신다. 국가에서는 이러한 사항을 잘 지키고 있는지 개인 주택까지 조사를 나오기도 한다. 공기 정화기를 단 피난 시설을 집마다 만들어 두었다. 두꺼운 철문을 닫으면 오랫동안 버틸 수 있도록 설계되었다. 식량, 양초, 라디오, 간이 배변 시설까지 철저히 갖추고 있다. 시내에 있는 일반 차량 주차장에도 들어오고 나가는 곳은 콘크리트 문을 닫고, 별도로 두꺼운 철문을 이중으로 닫게 되어 있다. 그만큼 견고한 대피공간이 되도록 하고, 별도의 공기 정화 시설을 갖추었다. 철문이 닫히는 입구와 출구 양면을 제외한 나머지 두 면은 대피 중에 사용할 장비와 물품들로 가득 채워져 있다. 비상 발전기, 취사 시설, 간이 침대, 간이 배변 시설 등 필요한 것을 미리 준비해 놓은 것이다. 내 눈으로 보면서도 믿어지지 않았다. 평화스러운 나라가 오늘 전쟁에 돌입할 듯이 만반의 대비를 해두고 있다는 것이 놀라웠다. 스위스의 공무원은 비상 발전기를 보여주면서 얼마나 치밀하게 대비하고 있는지를 설명했다. 외부 전력이 끊기면 대피소의 비상 발전기를 가동한다. 기간이 길어지면 비상 발전기를 돌리는 유류도 떨어질 것이다. 이때는 사람의 힘으로 전력을 생산할 수 있도록 두 사람이 양쪽에서 마주보고서 크랭크 손잡이를 계속 회전시켜 필요한 전력을 생산할 수 있도록 만들어져 있다. 침대는 간이침대로서 군용 야전침대 형태이지만 나무 대신 쇠 파이프로 만들어 가늘고 튼튼하다. 3층으로 간이침대를 연결해 설치함으로써 좁은 공간에 많은 사람이 함께 잘 수 있게 했다. 식량도 두 달 동안 먹을 분량을 비축한다. 시내 곳곳에 있는 주차장들이 이런 시설을 갖추고 있다. 또한, 스위스는 지역별 민방위 지휘소를 두고 있는데 지휘소 벙커에는 침대를 3단으로 펴서 평시에도 설치해 둔다. 다른 비축물자와 치료 약품, 회의실, 상황실 등을 갖추었고 혹시라도 전쟁이 나면 바로 사용할 수 있게 평소에도 이미 대비를 완료한 상태로 유지한다. 나도 스위스 민방위청 직원의 권유에 따라 3단 침대의 맨 위층에 올라가 실제로 누워보았다. 움직임이나 흔들림이 없이 편안했다. 스위스 국민은 일정 기간 군대에 가거나, 소방대원이 되거나, 민방위 대원으로 복무하는 것 중에서 선택할 수 있다. 우리나라의 군 복무처럼 이들 가운데 하나만 일정 기간 근무하면 되는 것이다. 핵전쟁 대피 시설을 갖춘 스위스지만 이 나라에도 고민이 있다. 이러한 시설을 갖추는 과정에서 천문학적 비용이 들었고, 지금은 시설에 대한 유지관리 비용 때문에 어려움이 많다. 핵전쟁이 발생하지 않고 있고 가능성도 거의 없음에도, 시설과 장비는 계속해서 유지관리하고 보수하며 필요하면 교체해 보강해야 한다. 일어나지도 않을 핵전쟁에 대비하느라 만든 시설에 대한 유지관리 비용이 너무 많이 든다고 스위스 국회에서도 비판이 거세다고 한다. 일부 비판이 있음에도 아직은 전쟁에 대한 준비를 철저히 하고 있다. 스위스는 민방위 훈련도 관계 공무원만 한다. 민방공 경보는 주기적으로 울리지만 "훈련 상황이니 국민 여러분은 대피하지 마십시오. 훈련 경보입니다."라는 내용으로 라디오 방송을 한다. 민방위 훈련에는 관련 공무원들만 참여하고 일반 국민은 하지 않는 것이다. 북한의 직접적 핵무기 위협이 갈수록 심해지고 있으나, 우리가 스위스 정도로 민방위 수준을 갖추기에는 예산이 많이 필요하다. 국가 예산 중에서 많은 지출을 국방비가 차지하기 때문에 민방위 수준을 갑자기 높이기는 어렵다. 오히려 민방위 훈련조차도 횟수를 줄이고 강도를 계속 낮추어왔다. 이제는 국민 스스로가 자기보호 역량을 키워나갈 수 있도록 국가 주도였던 민방위의 교육 훈련, 시설과 장비 등 제도를 개선해야 한다. 각종 테러와 북한의 도발이나 급변사태, 각종 재난사태 시 국민을 보호해 줄 민방위의 필요성은 여전하기 때문이다.

| 이철희
| 8기

한 강의 기적은 계속 이어집니다

 마침내 우리는 기적을 보았습니다. 글자 그대로 '한강'의 기적입니다. 모두가 축하하고 우리 스스로가 눈물겹게 감동하고 있습니다. 그간 우리가 노벨 문학상을 기대한 적은 여러 번이지만, 항상 그 한계는 번역이었습니다.

 원작에 충실한 번역자들은 '번역도 창작'이라는 말을 제일 싫어합니다. 이들은 "아름다운 의역보다 직역이 천배 더 좋다."라고 말합니다.

 또 '번역은 예술'이라는 사람들이 있습니다. 그들은 "박제된 독수리보다 살아 있는 참새가 훨씬 더 낫다."라며 창의적인 번역을 추구합니다.

 그러면 이번에 노벨상 수상작을 번역한 데보라 스미스는 어느 쪽일까요? 영문학을 전공한 스미스 씨는 원래 작가가 되는 것이 꿈이었습니다. 그런데 갑자기 한국어를 배우기 시작합니다.

 그녀는 밀려오는 한류를 보면서 한국 문학이 일본이나 중국에 가려진 보물이라고 생각하고 그 한국문학을 연구하기 시작합니다. 그리고 한국학 박사 과정을 공부하면서 채식주의자를 번역합니다. 그때가 2015년으로 스미스가 26살, 한글을 배운지는 불과 5년이 지난 시점이었습니다.

1년 후 첫 번째 기적이 일어납니다. '채식주의자(The Vegetarian)'가 맨 부커 국제상을 받습니다. 노벨 문학상과 함께 세계 3대 문학상인 맨 부커상을 우리나라 작가가 받은 것은 이때가 처음입니다.

심사위원장이었던 보이드 턴킨(Boyd Tonkin)은 "아름다움, 그리고 공포가 잘 조화된 작품"이라고 했고, 영국 이코노미스트는 "올해 가장 관능적인 소설"이라고 평가했습니다.

그러나 아무리 좋은 일도 항상 좋아하는 사람만 있지는 않습니다. 일부 번역가들이 비판을 시작합니다. "번역이 틀렸다.", "원작과 다르다.", 심지어 "데보라 스미스의 한국어가 부족해서 완전히 다른 책으로 만들어버렸다."라고 말하는 사람까지 생겼습니다. 이때 스미스는 말로 표현하기 어려운 고통에 시달립니다. 그때 그녀는 다음과 같이 말했습니다.

"그런 지적이 틀렸다고는 하지 않겠습니다. 그러나 한국어는 영어와 문법도 다르고 표현도 완전히 달라서 아주 어렵습니다. 그렇다고 한국식만 고집하면 서양사람들이 이해하지 못합니다. 단순히 '먹는다.'라는 말도 번역하면 수십 개로 표현됩니다. 어떤 표현을 선택하는가는 번역가의 역량으로 보아 주었으면 좋겠습니다."

그러나 그들의 공격은 멈추지 않았습니다. 매일 여기 저기서 몰아붙이는 비난에 데보라 스미스는 글자 그대로 망연자실해 잠도 오지 않았습니다.

그런데 이런 공격을 하는 사람은 이상하게도 전부 한국 사람입니다.

마침내 작가 한강이 나섰습니다.

"스미스의 번역에 대해 저도 알고 있습니다. 그러나 내용 전달은 더 좋습니다. 저는 어색한 직역보다 글에 맞는 분위기를 전하는 것이 더 중요하다고 생각합니다. 그리고 이 번역은 저와 의논한 것입니다. 또 무엇보다 스미스의 번역은 제 마음이 통해서 제가 좋습니다."

이 한마디로 모든 갈등이 끝났습니다. 작가 마음이 그렇다는데 더는 누가 뭐라고 할 수 없는 것입니다.

이 말에 옆에 있던 스미스는 눈물을 흘립니다. 얼마나 고마웠을까요? 여기서 잠깐 그들의 대화를 들어보겠습니다.

그리고 스미스의 번역은 정말 특별했습니다.

'소주'를 '코리안 보드카', '만화'를 '코리안 망가'로 하는 상투적 번역은 하지 않았습니다. 순수우리말 그대로 형, 언니, 처제, 시누이 같은 단어를 번역하지 않고 그대로 쓴 것입니다. 어쩌면 이런 번역이 우리를 더 정확히, 잘 이해시킨 것일 수도 있습니다.

여기서 저는 예술에서만큼은 원칙이나 틀을 깨야 한다고 생각합니다. 어쩌면 쓸데없는 원칙이 우리 자신을 가두어서 이제야 우리가 빛을 본 것일지도 모릅니다.

지금도 자기가 빠져있는 굴레가 원칙인 줄만 알고 용감하게 사는 사람이 많습니다. 스웨덴까지 가서 이번 노벨 문학상을 반대하는 우리나라 어르신들도 계십니다. 내용은 대한민국을 적화시키는 노벨상을 당장 취소하라는 것입니다. 이 어른들은 자기들 스스로 구국의 영웅이라고 생각합니다. 이것을 누가 말릴 수 있을까요? 아무도 못 말립니다.

그나저나 저도 이번에 소설을 쓰기로 했습니다. 제목은 〈육식주의자〉입니다. 온종일 고기만 먹다가 살이 쪄서 나중에는 돼지로 변하는 그런 스토리가 아닙니다. 사실은 예술도 창조도 다 만남이나 연결 때문에 이루어진다는 책입니다. 세상 모든 창조나 기적은 서로 다른 것의 연결이나 만남을 통해서 이루어집니다.

소설가 한강은 좋은 아버지를 두었고, 우연히도 좋은 번역가를 만났습니다. 그리고 불행했던 우리나라 역사를 깊숙한 자기 내면과 연결했고, 거기서 나오는 절절한 언어가 이번 기적을 만든 것이라고 저는 생각합니다. 어쩌면 우리가 지금도 분주한 것은 새로운 연결, 새로운 만남을 위해서일 수도 있습니다.

이현수
서울대 명예교수

인생의 방향을 좌우하는 한마디 말

어느 일요일 늦은 밤에 휴대폰 벨이 울렸다. 모르는 번호라서 잠시 망설이다가 전화를 받았더니 술기운이 느껴지는 상기된 목소리가 들려왔다.

"교수님! 저 K입니다. 기억하시겠어요?"

"그래, 기억하고말고. 여의도에 있는 회사에서 근무한다는 얘기를 들었는데……."

"네, 교수님 덕분에 유학 잘 다녀와서 금융투자 전문가가 되었습니다. 지난해 임원으로 승진도 했어요."

바쁘게 살다 보니 오랫동안 연락을 못 드렸는데, 오늘 후배와 식사를 하다가 내가 정년퇴임을 했다는 소식을 듣고 결례를 무릅쓰고 전화를 했단다.

"반갑구나, 그런데 부모님은 안녕하신지. 아버님도 정년퇴임을 하셨겠구나. 어머님은 아직도 그림을 그리시는지……."

K는 내가 자신의 부모님을 기억하고 있다는 사실에 무척 놀라면서 은퇴하신 부모님의 근황을 전해왔다.

지도교수로서 학점이 낮은 학생과 면담을 할 때는 조

심스러워진다. 성적이 떨어진 이유가 매우 다양하기 때문이다. 어떤 학생은 전공이 적성에 맞지 않아서, 어떤 학생은 동아리 활동에 푹 빠져서, 어떤 학생은 각종 고시 공부에 매달리느라 수업에 소홀해지기 시작하였다. K의 경우 설계 수업에서 큰 충격을 받은 후 공부에 흥미를 잃고 두 번의 학사경고 끝에 군에 자진 입대했다는 사실을 나중에 알았다.

내가 강의했던 과목은 전공선택이라서 3학년 2학기에 배정되어 있었다. 입학한 후 3년 만에 학생들이 처음 만나는 내 강의에서 나는 첫 번째 과제로 이력서와 자서전 쓰기를 내주었다. 학생들은 전공과 전혀 관계없는 이상한 과제를 받고 의아해하였다. 학생들이 4학년이 되면 졸업 설계와 취업 준비로 바빠질 테니 3학년 2학기에 이력서 틀을 미리 만들어 놓으면 도움이 될 것으로 생각했다. 그리고 아직 자서전을 쓰기에 어린 나이이지만 20여 년의 성장 과정을 돌아보면서 자신의 미래를 설계해보는 데에 의미를 두었다. 이력서는 창의적인 형태로 작성해보라고 했더니 식스팩 몸매가 돋보이는 멋진 사진을 붙인 남학생도 있었다. 자서전 분량을 10쪽 내로 제한하였지만, 학생들은 영상자료를 곁들여서 기억나는 유아 시절부터 대학 생활까지 비밀스러운 얘기마저 서슴없이 담아냈다. 어떤 학생은 어렸을 때 천재라고 칭찬을 독차지했었는데 대학에 와서 이렇게 망가진 것을 자서전 과제를 수행하면서 스스로 확인하고는 많이 울었다고 했다.

K도 복학해서 내 과목을 수강하며 이력서와 자서전 과

제를 제출하였다. K는 어려서부터 도시계획 분야 대학 교수인 아버지와 화가인 어머니의 영향을 받아 건축가의 꿈을 갖게 되었다. 대도시에서 특목고를 졸업하고 건축학과에 입학하면서 K의 꿈을 향한 항해가 시작되었다. 대학교 2학년 때, 마음속으로 동경하면서 언젠가 만나고 싶었던 유명한 건축가가 설계 강사로 출강한다는 소식에 너무 설레고 기뻤다. K는 남들보다 더 열심히 수업을 듣고 설계과제도 정성을 다해 완성하였다. 최종평가가 있는 날 K의 기대와 달리 그 건축가는 "작품 내용을 보니 아무래도 설계에 자질이 부족한 것 같군요. 맘에 안 들어요."라고 혹평을 하였다. 크게 실망한 K는 학과의 설계 전공 전임교수와 면담하면서 자신의 작품을 내밀었다. 전임교수는 "이거 정말 자네가 직접 설계한 거 맞아? 표현력이 무척 좋구나."라고 칭찬해 주었다. K는 너무 혼란스러워 그날 이후 학교에 잘 나오지 않았고 방황하였다. 도대체 건축이란 무엇인지, 자신이 꿈꿔온 건축가가 되면 행복할 수 있을지 회의가 들었다. 결국, 결석이 잦아지고 학사경고를 받아서 어쩔 수 없이 군대에 가게 되었다. K가 입은 마음의 상처를 치유해주고 싶었다. 무엇을 하더라도 아직 늦지 않았다고, 그리고 건축에는 다른 분야도 많이 있다고……. 내 전공에 대해서도 자세히 소개해 주었다. 그 후 K는 대학원에 진학해서 나의 지도를 받았고, 유학을 다녀와서 언젠가 밤늦은 전화통화에서 확인한 것처럼 국내 최고의 부동산 금융투자 전문가로 성장하였다.

몇 해 전에 작고하신 건축학과 원로교수님은 설계를 힘들어하는 학생들을 이렇게 지도하였다. "고민하지 말고 세계적으로 유명한 건축가들 작품과 비슷하게 만들어보게. 그리고 계단이나 창문 중 하나만 자네 아이디어로 설계해보게나." 이 말 한마디에 자신감이 생긴 어떤 학생은 뒤늦게 설계에 흥미를 갖게 되었고 설계공모전에서 작품상을 받기도 하였다.

학부 시절 마지막 학기에 취업 준비를 하고 있는데 지도교수님께서 내게 원고 정리를 부탁하셨다. 교수님이 작성하신 초고를 원고지에 옮겨 적는 일이었다. 아마도 교수님 강의과목의 성적이 괜찮고 수기로 작성한 과제물의 필체가 마음에 들어서 나를 부르신 것 같았다. 원고 정리가 끝나갈 무렵 교수님이 물으셨다. "이 군은 졸업하면 무엇을 할 것인가?" 나는 조금의 망설임도 없이 건설회사에 취직할 거라고 말씀드렸다. 어려운 집안의 장남으로서 취업은 불가피한 선택이었다. 교수님은 앞으로 세상이 어떻게 변할지 모르니 취직을 하더라도 대학원 시험을 꼭 보라고 권하셨다. 대학원 진학을 목표로 공부하고 있던 다른 학우들에게 미안한 생각이 들었다. 그 당시 대학원 진학은 병역문제와 직결되어 있어서 복학생이 시험을 보겠다고 하면 재학생 학우들이 달갑지 않게 여겼다. 나는 우여곡절 끝에 대학원 시험 준비그룹에 합류하였고 다행히도 대학원과 회사에 모두 합격했다. 그 후 회사생활과 공부를 병행하면서 대학원을 잘 마치고 국비장학생으로 선발되어 유학까지 다녀왔다. 교수님의 따뜻한 한마디 조언 덕분에 생각하지도 못했던 학문의 길을 걷게 되어 평생 감사한 마음을 지니고 있다.

　유학 시절 첫 학기에 전공필수과목을 수강하였는데 그럭저럭 과제를 잘 해내면서 중간고사를 치르게 되었다. 그런데 중간고사의 영어지문이 너무 길어서 5문제를 한 시간에 풀기에는 역부족이었다. 이리저리 문제지만 뒤적이다가 시간이 많이 지체되어 결국 답을 제대로 쓰지 못한 채 제출하였다. 짐작은 하였지만 채점된 답안지를 보는 순간 눈앞이 캄캄하였다. 내 생애 이런 점수는 처음 받아보았다. 수강을 철회할 생각으로 담당 교수를 찾아가 상담하였다. 영어독해도 느리고, 긴장해서 짧은 시간에 문제를 제대로 이해할 수도 없었다고 하였더니 교수님은 시간을 얼마나 주면 풀 수 있겠느냐고 반문하였다. 나는 망설이다가 엉뚱하게도 문제당 한 시간이면 충분히 답을 낼 수 있을 것 같다고 얘기했다. 교수님은 크게 웃으면서 그동안 과제를 잘 수행하였고 아직 기말고사가 남아있으니 절대 수강을 포기하지 말라고 당부하였다. 나는 교수님의 따뜻한 격려의 말에 힘을 얻어 더욱 열심히 공부하였고 해당 과목을 잘 이수할 수 있었다. 박사과정을 이수하고 논문제출 자격시험을 앞둔 어느 날, 교수님은 진지한 표정으로 말하였다.

　"미스터 리! 내일 시험결과에 따라서 우리들의 관계(스승과 제자)에 변화가 있을 수 있네. 그러나 어떤 결과가 있든 Friendship은 변함없을 것이네."

교수님의 한마디 경고(?)가 야속하기도 했지만, 오히려 자극이 되어 시험에 집중할 수 있었다. 다음 날 시험을 치르고 숙소로 돌아오니 현관 앞에 예쁘게 포장된 와인쿨러 상자와 카드가 놓여있었다. 카드에는 합격을 축하한다는 지도교수 사모님의 메시지가 선명하게 적혀있었다. 가슴 벅찬 감동이 밀려왔다.

대수롭지 않게 내뱉은 한마디 말이 한 사람의 일생을 좌우할 수 있다는 체험적인 교훈은 학생지도의 중요성을 새삼 일깨워준다. 누구에게 칭찬을 받으면 괜히 기분이 좋다. 칭찬의 힘으로 새로운 꿈을 꾸게 되고 멋진 성공 스토리를 만들어 내기도 한다. 칭찬은 고래도 춤을 추게 한다는 얘기도 있듯이……. 그러면서도 정작 남을 칭찬하기는 쉽지 않다. 교육자로서 내가 받은 칭찬만큼 학생들에게 베풀었는지 되돌아본다. 그리고 학생들의 소중한 성과에 대한 즉흥적이고 주관적인 평가는 최대한 자제해야겠다는 다짐을 한다.

| 장재훈
| 2기

내가 곁에 있잖아

 부부라는 이름만큼 아름다운 단어는 없다. 부부라는 이름만큼 힘이 되는 단어도 드물다.

 한때 잘 나가던 연예인들이 갑자기 보이지 않고 자취를 감추는 사례들이 종종 있다. 한 시절 흥을 이끌고 국민들에게 에너지를 나눠주던 연예인들이 어느 날부터 보이지 않으면 무슨 사연이 있나 궁금해진다.

 사연은 대개 둘 중 하나다. 건강에 이상이 생겼거나 지인의 권유로 익숙지 않은 사업에 투자를 했다가 엄청난 손실을 본 본 경우가 대다수다. 간혹 개인적으로 불미스런 일이 생겨 TV나 영화에 나올 처지가 안 되는 사례도 있다.

 연예인들은 특히 투자사기를 당하기 쉽다. 돈은 있는데 세상 경험이 부족한 사람을 노리는 나쁜 사람들에게 연예인은 주요 타깃이 된다. 솔깃한 말에 돈을 빌려주거나 몇 배로 부풀릴 수 있다는 말에 현혹되어 거액을 투자했다 원금을 몽땅 날리는 경우도 허다하다.

 인간은 이성적 동물이라지만 안에는 늘 '욕심'이라는 함정이 도사리고 있다. 그 안에 잘못 빠져들어 평생을 허

우적대는 사람도 많다. 대가에는 노력이 따르고 돈은 하늘에서 떨어지지 않는다. 그걸 알면서도 '욕심'이라는 인간의 본성을 누군가가 살짝 건드리면 자칫 헛발을 내딛는다. 순간 외출한 판단력은 쉬이 돌아오지 못한다.

한동안 보이지 않던 연예인들이 다시 화면에 나와 그간의 사연을 들려준다. 지인을 너무 믿었고, 욕심이 지나쳤고, 경험이 부족했다고 털어놓는다. 극단적 선택까지 생각할 정도로 우울증에 시달린 이야기를 들으면 안타까운 마음이 절로 생긴다. 그들은 하나같이 너무 달콤한 제안은 의심부터 하라고 경험에서 우러나오는 충고도 한다.

그들이 좌절을 딛고 다시 용기를 낼 수 있었던 데에도 공통점이 있다. 그건 바로 아내의 한마디다.

"여보, 힘을 내. 당신 곁에 내가 있잖아. 내가 있는데 세상을 다 잃은 사람처럼 왜 그래…."

그 한마디에 힘을 얻어 예전 같으면 상상조차 못한 막일을 하고 시장공연 등으로 재기해 빚도 갚고 정상적인 활동을 하고 있단다. "당신 곁에 내가 있잖아" 이 한마디에 내 마음도 뭉클해진다.

"당신 곁에 내가 있잖아."

부부간에 이보다 더 힘이 되는 말이 있을까.

한 연예인은 유망 펀드에 투자하라는 권유를 받고 통장에 있는 돈을 다 밀어넣었는데 어느 날 원금이 반토막

난 잔액을 보고 쓰러질 듯한 심정으로 집에 돌아와 아내에게 이실직고를 했다. 그랬더니 아내가 대뜸 물었다.

"여보, 그 돈 줄기 전에 만져는 보았어?"

"아니, 통장으로만…."

"어차피 만져보지는 못했으니 우리 돈이 아니냐. 줄어든 돈이라도 이제 찾아서 만져봐. 그게 진짜 우리 돈이야. 당신 곁에 내가 있잖아. 잊어버리고 둘이 맥주나 한잔해."

그 이야기를 들으며 속으로 크게 박수를 쳤다. '이게 부부이고 부부의 맛 아닌가.'

세상에서 가장 힘이 되어주는 말은 '내가 곁에 있잖아'가 아닐까 싶다. 꼭 부부가 아니라도 내 곁에 누가 있고, 누군가의 곁에 내가 있다는 것은 인생의 행복방정식 하나를 품고 사는 것이다.

'내가 곁에 있잖아'라는 행복 바이러스가 곳곳으로 퍼져나가면 좋겠다.

글을 모아 집을 짓다

1판 1쇄 2024.10.31

발 행 인　서울대 ACPMP 총동창 문학동우회
편집디자인　오현지
교 정 교 열　Try&Geul